UN AMOUR DE JAZZ

UNE ROMANCE DE NOËL - SAISON DU DÉSIR 3 -
UNE SÉRIE DE 3 NOUVELLES ÉROTIQUES À
SUSPENSE

CAMILE DENEUVE

TABLE DES MATIÈRES

Publishe en France par:
Camile Deneuve

©Copyright 2021

ISBN: 978-1-64808-986-2

✿ Réalisé avec Vellum

Au pire moment de ma vie, elle était là...

Ebony... elle m'enchanta par sa voix et j'eus le souffle coupé par sa beauté. Le jour où elle chanta pour mon frère jumeau et moi, à l'occasion de la fête que nous avions organisé pour Halloween, je sus que c'était elle que je voulais. Je la voulais dans ma vie, dans mes bras et dans mon lit... Rien ne pouvait mettre fin à l'amour que nous avions l'un pour l'autre, rien...

Mais, une terrible tragédie s'abattit sur nous et le cours de la vie s'arrêta brusquement. Aujourd'hui, Ebony est la seule chose qui me donne la force de continuer, ma seule raison de vivre. Le seul moment où je suis heureux c'est quand nous faisons l'amour... Mais quelqu'un veut me l'enlever. Je ne peux l'accepter ; je ne peux accepter qu'on me prive de cette beauté. Elle est tout ce qu'il me reste...

Venue à Seattle où elle doit se produire à l'occasion d'une collecte de fonds pour la fondation caritative du milliardaire Atlas Tigri, la chanteuse Ebony Verlaine a tapé dans l'œil du très séduisant entrepreneur.

Quand Atlas la retrouve après le concert, leur forte attirance devient rapidement sexuelle, et c'est le début d'une relation chaude et passionnée.

Atlas ne le sait pas, mais Ebony a un secret. Elle est enceinte et terrifiée quant à son avenir et à celui de son enfant. Ne voulant pas y penser, Ebony choisit de vivre pleinement sa relation et plus le temps passe, plus elle trouve difficile d'avouer à Atlas la vérité à propos de sa grossesse et du père de son enfant.

Atlas invite Ebony à passer Noël avec sa famille et très rapidement, elle est acceptée par son frère jumeau Mateo, copie conforme d'Atlas, et son fils de six ans, Fino. Au fur et à mesure que les vacances passent, des frictions familiales commencent à voir le jour – le beau-père des Tigri, Stanley Duggan, est un homme gentil, mais son fils et sa nouvelle femme ainsi que sa belle-fille forment un groupe hétéroclite. Cormac Duggan méprise ses demi-frères volages et mondains, et l'ex-mannequin Vida veut que sa fille Bella devienne une grande star - malgré le fait qu'elle n'ait apparemment aucun talent. Ebony préfère garder ses distances avec eux, mais quand Mateo est retrouvé mort, il devient clair qu'au milieu de tout ce beau monde, se cache le tueur.

Se retrouvant au milieu de cette famille, Ebony réconforte un Atlas et un Fino dévastés. Pour protéger sa nouvelle famille, Ebony devra prouver qu'elle est tout ce qu'Atlas avait imaginé, ... et plus encore....

CHAPITRE 1

ouvelle-Orléans

Ebony Verlaine fixait le bâtonnet de plastique entre ses mains avec effarement. « Oh non, Seigneur », pensa-t-elle. Elle laissa poser sa tête contre le mur froid de la salle de bain. Prise de désespoir, quelques larmes coulèrent de ses yeux. On aurait dit à ce moment précis que tout s'écroulait autour d'elle, car tout ce pourquoi elle avait travaillé si durement était sur le point disparaitre.

Enceinte. Mère célibataire à vingt-six ans. Merde !

A l'extérieur, elle entendit une voix qui la ramena à la réalité. Elle se trouvait à la Fondation Gabriella Renaud, l'organisation caritative qui l'accompagnait et la soutenait depuis deux ans. Juno Sasse, sa meilleure amie devenue belle-sœur, était au départ son mentor ; elle était son professeur de musique et d'écriture musicale, et la préparait à une future carrière de musicienne.

Dès sa tendre enfance, Ebony avait aimé la musique et le karaoké, il n'était pas étonnant qu'elle ait fait de sa passion son métier. S'il était vrai que le producteur qu'elle avait rencontré avait beaucoup aimé sa voix puissante et langoureuse, il semblait davantage intéressé à l'idée de coucher avec la belle femme au teint foncé. Les autres s'étaient montrés réticents à l'idée de produire du jazz et du blues.

Nombreux étaient ceux qui avaient essayé de l'entrainer dans une carrière pop – quelque chose qui ne l'intéressait nullement.

Elle cessa de recevoir d'autres offres, car les producteurs s'étaient passé le mot et elle avait injustement été qualifiée de Diva, un mot qui désignait dans le milieu les artistes au caractère difficile. Résignée, elle continua à chanter au *New Orleans's jazz clubs* jusqu'au moment où elle fut approchée par Livia Chatelaine.

Livia qui était elle-même musicienne, dirigeait une organisation caritative qui œuvrait à faire connaitre les musiciens en marge du marché, en même temps que ceux qui ne pouvaient se payer des études supérieures. Ebony fut à la fois très surprise et extrêmement ravie de découvrir en Livia une passionnée de jazz. C'est ainsi que naquit une profonde intimité entre les deux femmes.

« Nous serons bientôt en mesure de produire des albums grâce à notre partenariat avec Quartet », lui avait alors dit Livia lors de cette première rencontre. « Nous ne prenons pas tout le monde, et travaillons exclusivement avec quelques artistes. Et nous attendons juste votre accord pour commencer. »

Ebony ne put contenir sa joie. « Je n'arrive pas à croire que je vais réaliser mon rêve... et aussi facilement en plus. »

« Ne vous réjouissez pas trop vite », se moqua Livia. « En retour, nous attendons de vous que vous vous investissiez totalement dans le projet. Nous vous botterons le cul si nous pensons que vous ne faites pas assez d'efforts – et je sais à quel point vous êtes talentueuse. Vous avez une voix extraordinaire Ebony. Ce serait un crime de ne pas soutenir votre carrière. »

Ebony sirotait son thé glacé, elle n'en revenait toujours pas. « Livia... vous avez dû entendre tout ce qui se dit sur moi. Que je suis une diva ? Que je ne suis jamais satisfaite ? »

Livia, d'un air plus sérieux : « Laissez-moi remettre ces rumeurs dans leur contexte. Leurs auteurs sont de vieux hommes blancs cupides qui dirigent des maisons de disques. Ils aiment tout particulièrement dire aux femmes quoi faire, comment s'habiller, quoi manger... Je n'accorde aucune importance aux rumeurs. Il est clair que vous êtes une femme forte, passionnée par son art, et qui ne veut pas sacrifier ses valeurs pour s'enrichir rapidement. C'est pour cela, Ebony Verlaine, que je vous ai contactée. »

Ces paroles de son mentor et amie lui revinrent alors qu'Ebony jetait le test de grossesse à la poubelle – non sans s'assurer de l'avoir bien caché au fond. Elle n'allait pas se laisser faire, décida-t-elle. Elle ne pouvait être enceinte que de deux semaines – elle n'avait eu qu'une seule aventure depuis plusieurs mois – elle avait donc assez de temps pour réfléchir à la suite. Elle se lava les mains et s'aspergea le visage d'eau avant de retourner dans son petit studio d'enregistrement.

Juno l'attendait, et Livia aussi, pour le plus grand plaisir d'Ebony. Elle n'avait pas vu son amie depuis quelques semaines – Livia venait pour la quatrième fois de donner naissance à une fille qu'elle nomma Amita. C'était un sentiment étrange de tenir le magnifique bébé dans ses bras, sachant que le sien arrivait bientôt. « Elle est si belle... et minuscule ! »

Livie et Juno furent amusées. « Ils naissent comme ça, dit Livia, mais croyez-moi, ce n'est pas l'impression qu'on a quand ils sortent. »

Ebony et Juno faisaient des grimaces, et Livia souriait. « Vous verrez. »

Ebony se retourna, feignant n'avoir pas entendu, retira de son sac un papier roulé. « Hé, j'ai enfin pu finir cette chanson sur laquelle on travaillait. » Elle remit la partition à Juno, qui la déroula.

« Ça a l'air bien... peut-être une ou deux retouches à faire, mais on y jettera un coup d'œil plus tard. Pour l'instant, tu dois savoir la raison pour laquelle Liv est ici. Nous avons une proposition à te faire. »

« Qu'est-ce que c'est ? » demanda Ebony que la curiosité avait fait oublier les inquiétudes sur son avenir.

Juno sourit. « Romy m'a appelée hier soir. Ses employeurs organisent une énorme collecte de fonds et ils ont besoin de quelqu'un pour y chanter. »

« Juno m'en a parlé, et nous nous sommes mises d'accord que ce sera toi, Ebony. Tu t'es suffisamment préparée pour une telle occasion. Tu as bossé dur, il est temps maintenant de gagner en expérience. C'est ta chance. » Livia avait l'air tout aussi excitée qu'Ebony.

« Vraiment ? Mon Dieu, c'est incroyable. » Ebony ne pouvait contenir sa joie, mais l'instant d'après, elle fut remplie d'anxiété devant l'ampleur de l'événement décrit par Livia.

« Si le projet est destiné aux classes défavorisées, l'évènement lui, rassemble les gens de la haute société– on parle là de milliers de dollars par assiette, tout l'argent étant bien sûr destiné à l'œuvre de charité. »

Ebony sentit ses jambes commencer à trembler et dut s'asseoir. « Cela signifie qu'il faudra chanter une chanson ? »

« Pas une, peut-être sept à dix morceaux. Ce sera à Seattle, ajouta Juno après coup, et cela pourrait signifier passer Noël là-bas. Romy dit qu'elle serait heureuse de t'avoir chez elle si tu ne veux pas être coincée dans un hôtel. »

Ebony sourit. « Seattle. Là où j'ai grandi. »

Juno sourit. « Promis, Obe et moi viendrons passer les vacances avec toi pour que tu ne te sentes pas seule, mais nous ne pourrons malheureusement pas nous libérer le jour où tu es censée chanter. »

« Atlas Tigri est l'hôte de l'événement. Il m'a dit que si le spectacle se déroule bien, il pourrait avoir besoin de toi pour d'autres activités de bienfaisance et il offre de te payer le double du tarif normal. Tu peux le faire Ebony, même les yeux fermés, en plus, travailler pour la famille Tigri est une chance inouïe. Leur beau-père, Stanley Duggan, est un poids lourd de l'industrie musicale, et une personne très sympathique. »

« Tu n'as nul besoin de me convaincre, je suis partante. Quand cela aura-t-il lieu ? »

« Le 20 décembre pour la collecte de fonds, mais Atlas pourrait avoir besoin de toi le jour de l'an. Tu penses pouvoir gérer ça ? »

Ebony se sentit tout à coup soulagée. Elle sera occupée et pourra à penser à autre chose qu'à sa grossesse. « Je peux gérer. » Elle sourit à ses amis. « Je ne vous décevrai pas. »

· · ·

ATLAS TIGRI JETA un coup d'œil à l'horloge qui affichait presque vingt-deux heures. Il travaillait de plus en plus souvent jusqu'à des heures tardives, chose que même dans l'industrie pharmaceutique, il n'avait jamais faite.

« C'est parce que tu aimes vraiment ce que tu fais », lui avait un jour fait remarquer son frère Mateo. « Tu en fais toujours plus. »

Mateo avait raison. Depuis qu'Atlas avait décidé de construire ce centre destiné aux hommes et femmes battus qui nécessitaient des soins chirurgicaux et médicaux, il travaillait vingt heures par jour sans jamais se sentir épuisé.

Les seules fois où il se rendait compte de sa solitude, c'était en compagnie de ses amis, Romy et Blue. Tous deux chirurgiens, ils étaient follement amoureux l'un de l'autre. Bien qu'ils le considérassent comme un membre de leur famille, et qu'il les adorait tout autant, leur bonheur lui faisait réaliser à quel point il souhaitait partager sa vie avec quelqu'un. Quelqu'un qui serait là pour lui tout seul.

Sa famille était le centre de son univers. Son frère jumeau Mateo était la personne dont il était le plus proche ; ils partageaient ensemble non seulement le même beau et gracieux visage, des cheveux noirs bouclés et des yeux verts, mais aussi la même personnalité – bien qu'Atlas semblât moins athlétique que Mateo. Ce dernier avait un fils de sept ans, Fino, que la mère lui avait abandonné à la naissance pour disparaitre sans laisser de traces. Mateo adorait Fino, et celui-ci le vénérait carrément.

À les voir tous les deux, Atlas soupirait lui aussi avoir des enfants. Cependant, ses occupations ne laissaient pas beaucoup de place à une relation amoureuse. Lors des diverses collectes de fonds pour sa fondation, il avait semblé plaire à certaines femmes de la haute, mais sans que ça n'aille plus loin. Il les trouvait superficielles et ennuyeuses.

« Hé, mais tu travailles tard dis donc ! »

Romy Sasse se tenait à la porte de son bureau, ses longs cheveux noués dans une queue de cheval hirsute, des taches de sang frais se voyaient sur sa blouse blanche. Elle vint s'affaler sur une chaise en face de lui. Attentif, Atlas remarqua la fatigue et les traits tirés de son visage.

« Ça va ? »

« Je sors d'une intervention. Une femme qui s'est fait sérieusement tabasser par son ex. Un sale con. » Romy serra sa mâchoire. « Elle n'a pas survécu. »

« Mon Dieu, je suis désolé, Romy. » Atlas lisait beaucoup d'épuisement chez son amie. Romy avait donné naissance à des jumeaux il y avait seulement trois mois, mais avait continué à travailler la majeure partie de son congé de maternité. Atlas se demandait maintenant si elle ne regrettait pas d'avoir quitté son emploi à l'hôpital Rainier Hope pour venir ici. Déjà qu'il n'y avait pas de compensation financière pour tout le travail qu'elle abattait – d'ailleurs, ni Romy ni son mari n'avait besoin de cet argent.

Au cours des neuf derniers mois, elle avait sans cesse travaillé avec Atlas à la création de ce centre pour les personnes victimes de violences domestiques. Ils savaient qu'ils avaient fait quelque chose d'important pour Seattle et ils en étaient fiers. Cependant, des jours comme celui-là, Romy ressentait du découragement. « Tu ne pourras pas tous les sauver, Romy. » Lui dit Atlas en se levant, il lui versa ensuite une tasse de café chaud qu'elle accepta avec plaisir.

« Je sais, patron », dit-elle dans un soupir en sirotant son café. « Parlons d'autre chose à présent. Harriet m'a dit que tout est prêt pour la collecte de fonds ? »

Atlas sourit. « Eh oui. Juno m'a appelé, il confirme que tout est arrangé avec son amie chanteuse. »

« Ebony ? C'est génial... Honnêtement, Atlas, quand tu l'entendras chanter... elle est incroyable. Et très charmante en plus. »

« D'après Stanley, plusieurs producteurs de L.A. s'étaient intéressés à elle, mais ils ne l'avaient pas fait signer parce qu'elle ne voulait pas changer son style de musique pour la pop ? »

« C'est exact. »

« C'est louable de sa part, elle a des principes. C'est une preuve d'intégrité. »

Romy hocha la tête. « Tu as raison. » Elle passa la main sur son visage. « Bien, donc c'est réglé. » Elle jeta un coup d'œil à l'horloge. « Ça te dérange si je pars maintenant ? Clark assure la relève, et mes bébés seront déjà endormis. »

« Bien sûr, mon bout de chou. »

Romy lui sourit. « Et tu rentres chez toi aussi, Atlas. Sache que j'ai remarqué à quel point tu travailles tard ces derniers temps. »

« Contrairement à toi, il n'y a rien qui m'attire à la maison », dit-il pour balayer son inquiétude, mais il se leva quand même. « Allez, viens. Je te raccompagne à ta voiture. »

À SON RETOUR à la maison, Atlas trouva Mateo encore éveillé. Il se trouvait dans leur immense cuisine où il dévorait un sandwich extrêmement garni. Il offrit l'autre moitié à Atlas, qui, affamé, le remercia.

« Comment vont les affaires ? » demanda Mateo, la bouche pleine. Les cheveux bouclés de son frère étaient encore plus touffus que ceux d'Atlas et réclamaient un passage chez le coiffeur. Il portait une simple chemise blanche en coton, alors même que c'était l'hiver à Seattle. Mateo dirigeait une entreprise d'importation de vin, ce qui le faisait voyager à travers le monde ; et il avait gardé le bronzage d'un séjour familial en Italie. Leur mère était italienne, et leur sœur aînée, Clélia, vivait à Sorrente avec son mari et ses cinq enfants.

« Comment va Fino ? »

Mateo sourit. « Il a passé son examen d'aujourd'hui avec brio. Molly dit qu'elle n'a jamais eu d'enfant plus travailleur. Parfois, je me demande si j'ai raison de le scolariser à domicile, mais c'est la seule façon pour moi de travailler tout en continuant de le voir tous les jours. Tu penses que c'est de l'égoïsme ? »

Atlas se leva pour prendre une bière dans le frigo. « Pas du tout. Fino est l'enfant le plus équilibré que je connaisse. » Il sourit à son frère. « Juste qu'il faut éviter de coucher avec Molly, comme tu l'as fait avec la précédente. »

« Oups. » Mateo vida sa bière et Atlas fit un grognement désapprobateur.

« Encore ? »

Mateo s'assit, penché vers l'avant, son sourire s'effaça. « OK, j'avoue. Je suis fou d'elle, Atlas. Je le jure, il ne s'est rien passé pendant des mois, mais lors du voyage en Italie... Je ne sais pas comment te l'expliquer. Il s'est passé quelque chose, le temps d'un instant. Nous en avons discuté, et au vu de la situation avec Fino, nous avons convenu de ne pas aller plus loin. »

« Et donc, qu'est-ce qui a changé ? »

Mateo se pencha vers l'arrière, fixant son frère d'un regard soutenu. « Je suis tombé amoureux d'elle. »

Les sourcils d'Atlas se dressèrent brusquement, étonné par ce qu'il venait d'entendre. Il y avait un mot que Mateo n'utilisait pas souvent, surtout en parlant des femmes. Il employait la même rapidité à les séduire qu'à les larguer.

« Oui, monsieur », reprit Mateo, devant l'air ébahi d'Atlas. « Elle n'est pas seulement magnifique, Atlas – soit dit en passant, elle l'est – mais en plus, lorsque nous discutons, c'est vraiment à cœur ouvert. Aucun tabou. À ses yeux, je suis plus que le gars riche qui joue au père. Elle m'encourage, elle adore Fino, et elle l'encourage à toujours faire mieux. »

La voix de Mateo était pleine d'émotion, il sourit légèrement, gêné. « Nous avons décidé d'y aller en douceur – Fino passe avant tout. Mais, mon Dieu, Atlas... je pense à elle tout le temps. »

« Calme-toi, frangin », dit Atlas moqueur, tout en tapotant légèrement son frère sur l'épaule. « Il était temps. Vas-y. Nous aimons tous Molly, et même Clélia, tu imagines ! »

Ils rirent tous les deux – leur sœur aînée était très protectrice avec eux, au point d'être brutalement franche, voire impolie envers tous ceux qu'elle croyait profiter de la bonté des jumeaux.

Mateo hocha la tête, les yeux brillants. « Je pense Atlas, qu'il faudrait officialiser les choses. Assumer notre relation au grand jour. Bien sûr, nous devons d'abord en parler à Fino, et son opinion compte beaucoup. La tienne aussi, bien sûr », s'empressa-t-il d'ajouter.

Atlas sourit. « Tu as ma bénédiction mon frère, en plus qu'est-ce que j'en sais moi de l'amour ? »

ATLAS RESTA ÉVEILLÉ jusqu'à plus de minuit. Mateo avait toujours été un tombeur, multipliant les conquêtes à droite à gauche – son charme dévastateur lui assurait d'avoir toutes les femmes qu'il voulait – mais quand Fino était né, Atlas avait vu son frère changer du jour au lendemain pour devenir un homme responsable. Et là, il était clairement fou amoureux de la charmante Molly. *Oui, vas-y mon frère. Si c'est la bonne, vas-y.* Il était fier de son jumeau.

Atlas se retourna, essayant de trouver le sommeil. Il ne s'était jamais vraiment préoccupé de son statut de célibataire jusqu'ici, mais depuis un temps, il ressentait un vide de ce côté.

Tu es milliardaire, plutôt beau et charmant... pourquoi n'arrives-tu pas à trouver l'amour ? Atlas secoua la tête. *Parce que je recherche une amitié sincère, mais aussi une amante, quelqu'un qui puisse me comprendre.*

Il soupira, se retourna et essaya de dormir.

CHAPITRE 2

Ebony descendit de l'avion et traversa rapidement l'aérogare. Une fois dans la salle d'attente, elle vit Romy toute souriante qui l'attendait en lui faisant de grands signes de la main. Romy la prit dans ses bras. « Hey ma belle, merci de faire ça pour moi. »

« Ça fait du bien de te revoir, Romy. » Ebony l'embrassa en retour. Elle n'avait pu voir Romy qu'à de rares occasions depuis que son frère avait épousé Juno, mais elle adorait la petite brunette. « Et je suis flattée que tu aies pensé à moi pour ce travail. »

« Tu vas cartonner je le sais. Maintenant, je dois te prévenir, Zach et Rose se disputent beaucoup en ce moment. Nous t'avons donc mise à l'autre bout de la maison, mais nous pouvons toujours te trouver une suite à l'hôtel si ça ne te convient pas. »

« Je ne voudrais surtout pas vous déranger. »

Romy roula des yeux et sourit. « Ma copine, je meurs d'envie d'avoir une vraie conversation entre filles. Avec Grace, c'est pas vraiment ça, mais tu sais, elle n'a que cinq ans. »

Ebony éclatât de rire. « Je ferai de mon mieux. »

. . .

À TABLE avec la famille Allende autour de lasagnes faites maison, Ebony était assise avec trois magnifiques enfants et ses deux amis. La scène la rendit nostalgique. Cette famille était tellement heureuse, aimante, qu'Ebony se demandait si elle aurait un foyer aussi chaleureux un jour.

« Calme-toi mon bébé. Aïe. » Romy luttait avec un Zach très maladroit.

Blue prit son fils des mains de sa femme et aussitôt il se calma, souriant avec son père. Romy leva les yeux vers le haut et dit : « Je suis sûre que tu chuchotes à l'oreille des enfants, Blue. Elle donna un petit sourire à Ebony. « Tu es prête pour demain ? Comment te sens-tu ? »

Ebony acquiesça de la tête. « Je suis à la fois excitée et nerveuse. J'espère que monsieur Tigri sera d'accord avec ma set-list. »

« Je suis sûre qu'il le sera, surtout après t'avoir écouté chanter. Et en passant, il insistera pour que tu l'appelles Atlas. »

« Étrange », remarqua Ebony. « Comment est-il ? »

« Atlas ? Un amour. Quand nous étions à l'école, tout le monde avait le béguin pour Atlas et Dan, le mari d'Arti – et Mateo aussi. C'est le frère jumeau dùAtlas, et quand tu verras Atlas, tu comprendras de quoi je parle.

« Hem hem », toussa Blue.

« Tu restes mon préféré, le numéro un », dit Romy avec un sourire qui disait long sur son amour pour son mari.

Rosa mit fin à ce moment émouvant en crachant sur Romy « Oh super timing gamine ! »

« Je t'apporte un mouchoir maman », dit Grace Allende, une petite fille timide et intelligente qui adorait Ebony. Elle courut et revint de suite.

« Je ne sais comment tu arrives à t'en sortir Romy », dit Ebony en regardant son amie se nettoyer, puis essuyer la bouche de sa petite fille.

« Nous sommes une équipe bien desoudée », dit Gracie fièrement, ce qui fit rire les adultes.

« Soudée, une équipe bien soudée ma chérie », dit Romy en

posant un baiser sur le front de Gracie. « Mais la petite a raison. C'est ainsi qu'on fonctionne. Bien sûr, c'est épuisant avec les nouveau-nés, mais ça vaut chaque instant. Et j'ai les deux meilleurs assistants du monde. »

Blue sourit à Ebony en signe d'approbation. « Et toi, tu en es à quel niveau ? Quelqu'un en vue ? »

Ebony secoua sa tête négativement. « Je me plais dans mon célibat, la priorité pour l'instant, c'est ma carrière. »

« Si tu le dis », répondit Blue, qui passa sa main dans les cheveux de Romy et les caressa, puis roula une mèche sur ses doigts. On pouvait lire l'amour dans ses yeux lorsqu'il regardait sa femme. Ebony en fut toute émue. *Rare de voir ça*, pensa-t-elle.

ELLE SE RÉVEILLA le lendemain et trouva toute la famille à la cuisine. Romy lui sourit. « Atlas vient d'appeler. Il envoie une voiture te prendre à dix heures et il se demandait si c'est trop tôt. Je t'ai entendu prendre ta douche, je lui ai dit que tu seras prête, j'ai eu raison ? »

« Absolument ! » Ebony se sentit nerveuse tout d'un coup.

« Je dois te donner une clé, dit Romy en prenant son sac. Nous sortirons vers 9 heures pour laisser Gracie à la maternelle. »

« Je sais compter tu sais ! » lui dit gracie, en lui présentant ses deux mains. « Un, deux, trois... »

« Ne commencez pas, sinon, nous ne sortirons jamais de la maison », Romy prévint Ebony en lui remettant sa clé. « Fais comme chez toi. Tu as mon numéro – désolée je ne pourrais assister à ton entretien avec Atlas ! »

« Pas de problème. Honnêtement, tu en fais déjà assez. »

UNE FOIS SEULE, Ebony alla s'asseoir tranquillement à la cuisine, en sirotant une tasse de décaféiné, soucieuse de la grossesse à laquelle elle essayait de ne pas penser. Le silence soudain était paisible mais en même temps curieusement pesant.

. . .

À DIX HEURES PRÉCISES, une Mercedes bleue marine fit son apparition devant le portail des Allende qu'Ebony ouvrit. Elle descendit lentement les marches de l'entrée de la résidence, se sentant bizarrement angoissée. Le conducteur sortit de la voiture et Ebony prit une profonde inspiration. Elle trouva le chauffeur très beau... Il était grand, avec des cheveux bruns aux boucles sauvages et des yeux verts et joyeux et un sourire qui illuminait tout son beau visage.

« Mademoiselle Verlaine ? »

Ebony lui sourit et répondit : « C'est moi, enchantée de vous rencontrer. »

Il lui ouvrit la portière passager et Ebony en fut soulagée. Elle détestait jouer les grands-chef en s'asseyant sur le siège arrière. Il l'aida à prendre place et elle le remercia.

Une fois au volant, assis près d'elle, elle sentit le parfum de son eau de toilette : agréable et frais. Il lui sourit. « J'ai entendu dire que vous veniez d'ici. »

Ebony hocha la tête en décelant un accent dans sa voix, qu'elle ne put identifier.

« Je suis née et j'ai grandi ici, hélas, toute ma famille est partie ou dispersée. Mon frère vit à la Nouvelle-Orléans. »

« Je sais, il est marié à Juno, Romy me l'a dit. »

Ebony était un peu confuse. Il était très direct pour un chauffeur. C'est peut-être ainsi que ça fonctionne chez Atlas Tigri – Romy avait dit qu'il était un amour – à moins que...

« Je suis vraiment désolée, j'aurais dû vous demander votre nom. Pardonnez mon impolitesse. »

Il sourit et elle eut un frisson. Mon Dieu, *ce qu'il est beau...*

« Sans soucis. Atlas Tigri, pour vous servir. »

Le visage d'Ebony devint rouge de honte. « Zut ! Je suis toute confuse M. Tigri, j'ai pensé... Romy a dit que vous enverriez une voiture, pas que vous viendrez me chercher personnellement. »

Il sourit. « Appelez-moi Atlas, s'il vous plaît. J'ai changé d'avis en pensant que ça briserait la glace plus vite si je venais vous chercher moi-même. J'espère que vous ne m'en voulez pas. »

Oh que non. Ebony lui sourit. « Je comprends mieux l'accent. Italien ? »

« Oui, en effet. Alors Mlle Verlaine, maintenant que nous avons officiellement fait connaissance, voulez-vous passer la journée avec moi ? J'ai pensé que je pourrais vous faire visiter nos installations, et après, vous emmener déjeuner. Plus tard, nous pourrons aller à la salle de réception pour discuter des modalités pratiques et techniques de votre show ».

« Appelez-moi Ebony, s'il vous plaît. Cette idée semble même parfaite. »

En chemin pour le Refuge, Ebony fut encore plus impressionnée par Atlas Tigri – elle se fit rapidement à l'idée qu'il n'était pas seulement un garçon riche et beau, mais aussi, quelqu'un qui voulait vraiment aider les victimes de violence domestique.

« Je voulais un endroit sûr où les victimes d'abus puissent trouver l'aide médicale dont elles avaient besoin, mais aussi l'aide psychiatrique, le confort, la compassion », lui dit-il alors qu'ils s'approchaient du bâtiment. Il était beau et moderne, et il y régnait aussi une atmosphère conviviale, ce qu'Atlas ne manqua pas de relever lorsque montant les marches, divers employés le saluaient par des hochements de tête amicaux.

« Je veux que ce soit un endroit où ils se sentent en sécurité, bien nourris, au chaud. Ce doit être un endroit où ils peuvent se regrouper et planifier les prochaines étapes de leur vie. Une sorte de foyer, si vous voulez. » Il lui sourit, la mine triste. « Ce foyer s'est développé bien au-delà de ce que j'avais imaginé, et tout aussi rapidement. Nous avons désormais dans notre équipe des avocats, ainsi que des chirurgiens de renom, comme Romy. J'espère aussi éventuellement pouvoir reloger ces gens, mais pour l'instant, mes comptables se refusent à tout financement de ma part. »

De la frustration se lisait dans ses yeux verts, et si Ebony ne l'avait pas remarqué, ses mots suivants étaient assez clairs : elle ne s'était pas trompée. « C'est mon argent. Je devrais pouvoir l'utiliser à ma guise », murmura-t-il, passant en un instant de riche financier à philanthrope frustré. « Cependant c'est la raison pour laquelle je m'entoure de conseillers financiers, pour m'assurer qu'il y ait de l'argent pour de nombreuses années. »

Elle hocha la tête en pénétrant dans l'immeuble alors qu'il lui tenait la porte. « Planification à long terme plutôt qu'un feu de paille. »

« Précisément. » Il entra et sourit à l'une des résidentes pendant qu'elle passait, son visage tendu s'adoucit sous l'effet du sourire chaleureux d'Atlas. « Nous n'éprouvons pas vraiment de réelles difficultés, mais cette collecte de fonds nous permettra d'amasser de l'argent nécessaire pour le matériel, la nourriture et les médicaments. Si tout se passe bien, nous pourrions en organiser régulièrement. »

Ce n'étaient pas des mots en l'air, Ebony regarda autour d'elle en marchant, les couloirs étaient propres et fraîchement peints, jusqu'à certains halls résidentiels. Les chambres, bien que minimalistes, avaient été peintes dans des couleurs apaisantes, décorées d'œuvres d'art soigneusement conservées, ce qui les rendaient à la fois confortables et élégantes.

Ebony nota le soin évident qui avait été apporté à ce lieu où rien n'avait été laissé au hasard. « C'est magnifique, Atlas... wow. »

« Il n'y a jamais assez de lits, lui dit-il sobrement, et ça me brise le cœur. »

Impulsivement, elle posa sa main sur son avant-bras et leva les yeux vers son beau visage. « Ce que vous avez réalisé ici, la beauté du lieu, tous les soins et programmes offerts, le personnel hautement qualifié et plus que tout, votre dévouement à les aider à s'aider eux-mêmes, elle secoua la tête. C'est juste incroyable, Atlas. Ça va bien au-delà des attentes ou même de ce qui se fait habituellement. Toutefois, vous ne pouvez pas sauver tout le monde. »

Atlas rit doucement, couvrant légèrement la main d'Ebony sur son avant-bras avec la sienne, un geste qui fit chaud au cœur d'Ebony. « Romy me le dit tout le temps. » Son sourire s'estompa. « On a eu une urgence l'autre soir, et Romy a dû opérer. La victime n'a pas survécu. C'est la partie la plus difficile dans tout ça. »

« Mais vous faites la différence », dit-elle attentionnée, gardant son regard plongé dans le sien. Cet homme l'hypnotisait ; ce bâtiment était construit à son image, un lieu où l'extérieur était aussi beau que tout ce qu'il y avait à l'intérieur. Ebony senti une montée d'adrénaline, provoquée à la fois par la bonté de cet homme et par tout ce qu'elle voyait. « C'est fantastique, Atlas, vraiment. Si je peux vous aider, même si c'est juste en chantant pour vous, je serai ravie de le faire. Je suis la preuve vivante, après être passée par la fondation Gabriella Renaud, qu'une telle structure peut changer une vie. Ma rencontre avec Livia Châtelaine a réellement transformé mon existence. Et pour toujours ; et moi je ne suis qu'une chanteuse. »

« Vous n'êtes pas seulement une chanteuse, Ebony. Vous apportez de la joie aux gens avec votre don naturel. »

« Vous ne m'avez même pas encore entendue chanter », elle avait rougi, et elle remarqua que l'atmosphère entre eux avait changé. Il y eut soudain une tension, et elle put sentir la chaleur du corps d'Atlas. Pendant un long moment ils se regardèrent, puis Atlas sourit, les yeux pleins de douceur.

« J'ai hâte de t'entendre », dit-il doucement en lui touchant la joue d'un doigt. À ce contact, sa joue s'embrasa, et son estomac se remplit de papillons. « J'ai hâte d'y être. »

IL L'EMMENA déjeuner dans un petit restaurant familial, et elle apprécia le fait qu'il ne prenait pas ses grands airs, savourant la nourriture tout autant qu'elle, pendant qu'ils discutaient joyeusement. Elle prit le temps de bien l'observer ; sa façon de s'habiller, un pull bleu foncé qui faisait ressortir la couleur verte de ses yeux, un jean bleu qui mettait en valeur ses jambes longues et minces, et – à sa grande satisfaction – de belles fesses fermes et charnues. Mais ce sont ses yeux qu'elle trouvait particulièrement attractifs. Brillants, avec des cils épais, si longs et noirs qu'ils lui donnaient envie de passer ses doigts à travers. Ils étaient si foncés qu'on aurait dit qu'il mettait de l'eye-liner. Son visage, jeunot, aux joues arrondies, et ce sourire qui la faisait fondre.

Ne craque pas sur lui, se prévenait-elle. Mais il était trop tard.. Difficile face à un Atlas Tigri séducteur, drôle, et qui, pendant leur discussion, ne cessait de la regarder longuement. Elle avait l'habitude d'être déshabillée du regard par les hommes, mais là, c'était bizarrement très différent.

Avec un corps de Venus, Ebony avait des formes généreuses, d'un teint couleur d'ébène, sa peau rayonnait de vitalité, son visage reflétait le charme des années 1940, un effet que lui donnaient ses cheveux coiffés à la Joséphine Baker. Sur scène, elle était toujours dans des robes droites moulantes mettant en valeur ses courbes. Mais les autres jours, elle était plutôt du genre jeans et T-shirts.

Alors qu'elle regardait cet homme assis en face d'elle, elle sentit son être entier le désirer. Elle se demandait comment il serait au lit, si comme les Italiens, il avait un gros appétit sexuel, ou s'il était plus réservé. Elle s'imagina comment il serait nu, quelle serait l'effet de sa en elle...

Mon Dieu, arrête. Elle était déjà toute mouillée. Elle essaya de canaliser ses pensées en parlant de sa set-list pour la fête. Pas facile avec ce regard d'Atlas posé sur elle. On aurait dit qu'il voulait la baiser juste là.

Elle s'efforça tant bien que mal de faire la conversation. « J'ai prévu un mélange de classiques jazz et de créations personnelles, mais nous pouvons modifier la liste comme vous le voulez. Si vous avez en tête certaines chansons que vos invités pourraient aimer, on peut les inclure. Ou, comme autre idée, je pourrais faire des versions jazz de classiques modernes. »

« J'adore cette idée », acquiesça Atlas. « Je vous vois très bien faire du Pearl Jam version jazz. »

Ils rirent tous les deux et Ebony hocha la tête. « Je ne les ai jamais considérés comme des classiques, mais si Pearl Jam c'est votre truc, je peux vous faire ça. »

« Je n'en doute pas une seule seconde. »

Il y eut comme une pause, un bref instant pendant lequel ils se sont juste souri l'un à l'autre. Ebony riait doucement. « Comment se fait-il que j'aie l'impression de vous connaître depuis plus longtemps, Atlas ? »

Il sourit. « Ce doit être ça l'alchimie. »

« Sûrement. »

Ils se regardèrent pendant un long moment puis, Atlas se pencha vers elle et posa un baiser juste à la commissure de ses lèvres « Moutarde. »

Ebony ricana, son corps frémissait d'impatience. « Voyez-vous ça ? Merci. »

Atlas lui prit le visage dans la main. « Puis-je te dire, sans passer pour un sale con, que tu es magnifique ? »

« Tu viens de le faire », chuchota-t-elle et gémissant doucement quand il pressa à nouveau ses lèvres contre les siennes. Cette fois, le baiser se poursuivit jusqu'à ce qu'ils soient tous les deux essoufflés et tremblants. Atlas s'éloigna, prenant ses mains dans les siennes.

« Je ne veux pas profiter de la situation », dit-il à voix basse. « Je ne veux pas non plus me comporter de façon non professionnelle ou te mettre dans une position où tu te sentirais mal à l'aise à mon égard. La fête est dans deux jours... »

Il n'avait pas besoin de finir sa phrase. Bien qu'Ebony le voulait là et tout de suite, elle était d'accord avec lui. Il fallait mettre une pause sur tout ça et se concentrer sur la collecte de fonds. Elle l'embrassa à nouveau. « Je comprends et je suis d'accord, Atlas. » Elle sourit. « Après tout, l'attente n'est-elle pas plus excitante encore ? »

Il colla son nez au sien. « Ça l'est. Aussi excitant que tu puisses l'être, et c'est tellement excitant que j'en pleurerais. »

Ils se mirent tous les deux à rire. « Allez, Tigri, allons voir à quoi ressemble cette salle de fête. »

Alors qu'ils sortaient du restaurant, Atlas l'arrêta. « Meme s'il faut que nous fassions attention, je dois t'avertir. Je volerai des baisers chaque fois que je le pourrai. »

. . .

EBONY RIT. Elle se sentait si bien avec ce bel homme. Lui tenant le bras, «Tu ne peux pas voler quelque chose qui te soit donné de plein gré. »

Il pressa immédiatement ses lèvres contre les siennes. Mon Dieu que c'était bon ! Et la façon dont ses lèvres bougeaient contre les siennes faisait vibrer son corps en entier. Elle voulut lui demander de la baiser là tout de suite, et fort, mais elle se contenut. L'idée qu'après la fête, elle se retrouverait nue avec lui, sa queue plongeant en elle, la faisait frémir. Atlas lui sourit. « Tu as froid ? »

« Non. C'est juste que... J'y pense. » Prenant son courage, elle glissa sa main jusqu'à l'aine d'Atlas. Mon Dieu ! il était énorme et dur comme du roc.

Ses yeux, verts en temps normal, étaient devenus sombres et pleins de désirs, alors qu'il retira sa main, la leva en tournant vers le haut la paume qu'il embrassa fougueusement. « Bientôt bébé ! »

Sa peau s'enflamma au contact de ses lèvres, qu'elle imaginait dans pleins d'autres endroits. « Bientôt. »

Ils traversèrent la ville tant bien que mal, leurs mains se baladant de plus en plus l'un sur l'autre et leurs lèvres se rencontrant de façon récurrente. En entrant dans l'un des hôtels les plus selects et les plus chers de Seattle, ils furent contraints de d'arrêter au niveau de l'ascenseur. Évidemment, ils en profitèrent.

Lorsqu'ils furent arrivés au penthouse, les jambes d'Ebony étaient comme paralysés par les baisers passionnés et tendres d'Atlas. Il lui tenait tendrement la main pendant qu'ils entraient dans la magnifique salle et elle aperçut immédiatement la scène, petite mais bien située. Peu de choses à ce moment-là auraient pu détacher Atlas de ses pensées, mais la musique avait toujours été la priorité. La musique reprit le dessus juste à temps pour qu'elle se ressaisisse et puisse évaluer le lieu où devait se dérouler sa représentation.

En faisant des allers-retours, elle cartographiait mentalement où elle se tiendrait, où seraient les instruments, la distance entre elle et le public... « Pourrais-je rencontrer le groupe avant ? »

« Oh oui ! J'ai tout arrangé pour que vous passiez la journée de demain ensemble, si tu es d'accord. L'hôtel mettra à votre disposition de la nourriture et des rafraîchissements toute la journée. Juno a aussi précisé que ça pourrait te prendre la journée entière pour tout arranger avec les musiciens. »

« Merci, ce serait super ! Juste parfait ! » Ses yeux trouvèrent enfin le magnifique piano et elle sursauta. « C'est un Imperial Grand Bösendorfer ? »

Pendant qu'elle parlait, elle s'y dirigea et commença à pianoter sur les touches. A la qualité des sons, elle sut qu'elle ne s'était pas trompée. Pour une toute autre raison à présent, Ebony était en extase et elle se glissa sur le siège pour jouer quelques notes.

« Mes comptables ont failli défaillir », lui chuchota-t-il à l'oreille. « Mais après que Romy m'ait parlé de ta magnifique voix – et après l'avoir moi-même entendue – il n'y avait aucune chance que je laisse passer ça. »

Elle se lança dans une lente mélodie, transportée comme toujours par la magie des notes, alors que, Atlas déposait de délicieux et doux baisers sur son épaule.

« Romy et Blue m'ont demandé de venir dîner demain soir. »

Ebony gémit doucement. Le mélange entre la musique et la présence à ses côtés de cet homme lui donnait le tournis.

« Si tu fais ça, je ne pourrai pas me contrôler. »

Atlas leva son menton et l'embrassa délicatement. « Tu seras au dîner ? »

« Oh, mon Dieu ! » Elle ferma les yeux un bref instant avant de les ouvrir à nouveau et de lui tenir la main. « J'ai envie de toi, Atlas Tigri, mais on a passé un marché. À moins que tu ne veuilles que je te laisse avec des couilles en feu », ajouta-t-elle avec un sourire espiègle.

Atlas gémit et posa son front contre le sien. « Femme, attendez que la fête soit finie. Je louerai une chambre ici et vous y conduirais. Et croyez-moi, vous ne pourrez pas mettre un pas devant l'autre le lendemain. »

Le sol en marbre ressemblait soudain au matelas le plus attirant qui soit, mais Ebony parvint à se lever, abandonnant l'idée d'être projeté dessus. « Je pense qu'on ferait mieux d'aller se mêler aux autres avant que notre marché ne tienne plus. »

Atlas se tint debout et la tira vers lui. « Une dernière chose. »

Ebony lui sourit, sentant sa queue en érection se presser contre son ventre. « Et ça, c'est quoi ? »

Il pencha la tête et l'embrassa fougueusement. « Femme, quand je te mettrai au lit, je te baiserai avec tellement de force que tu verras des étoiles. »

Elle frissonna. « Tu as intérêt à tenir cette promesse, Atlas Tigri. »

SON CORPS ÉTAIT COMME ÉLECTRIFIÉ, mais plus tard, de retour chez Romy, elle se rappela brusquement que son corps n'était plus uniquement le sien. Pendant qu'elle était allongée sur son lit, lisant pour essayer de faire sortir Atlas Tigri de sa tête, Une forte nausée l'envahit juste au moment où elle éteignait sa lampe ; elle avança en titubant vers la petite salle de bain adjacente et vomit. Elle gémit, la tête appuyée contre le mur en carreaux froid et pendant les deux heures suivantes, les nausées continuèrent. Finalement, Ebony entendit grincer la porte de sa chambre et la douce voix de Romy l'appeler.

« Tu es là ? » Ebony grogna, sa gorge la faisait souffrir lorsqu'elle vomissait. Romy, dont l'inquiétude se lisait sur le doux visage, arriva et s'accroupit à côté d'elle.

« Chérie, tu vas bien ? »

Ebony essaya de montrer par un sourire que tout allait bien alors que Romy passait la main sur son front. La fraîcheur des doigts de Romy faisait du bien à sa peau brulante. « J'ai dû manger pendant le déjeuner quelque chose qui ne passe pas. »

« Hmm ! Je ne pense pas que ce soit de la fièvre même si ta température est élevée. Je t'apporte du Pepto ? »

Ebony secoua la tête, ne sachant pas si le Pepto était risqué pour sa grossesse. « Honnêtement, je pense que c'est juste à cause d'une mauvaise huître. »

« Aviez-vous mangé des huîtres ? »

« Non. » Ebony se mit soudain à rire. « Mais je t'assure, je vais bien, vraiment ! Ça se calme déjà. »

Romy l'aida à se remettre au lit, mais Ebony lisait toujours l'inquiétude sur son visage. « Sincèrement, Romy, tout va bien. »

Romy hésita. « Je suis au bout du couloir si tu as besoin de moi. »

« Merci, chérie ! Je suis désolée de t'avoir réveillée. »

« Ne t'en fais pas. De toute façon, j'étais déjà éveillée pour m'occuper des jumeaux. Je leur donnais la tétée de minuit, sois tranquille. Bonne nuit, ma chérie. »

« Bonne nuit, Romy. »

Alors que son amie s'éloignait, la laissant seule une fois de plus, Ebony se demandait si elle devait tout révéler à Romy au sujet de sa grossesse. Elle ne l'avait encore dit à personne et elle en perdait le sommeil. Aujourd'hui, elle s'était bien amusée avec Atlas et elle était impatiente de le revoir – et certainement, l'idée d'une nuit avec lui l'excitait grandement. Mais elle ne pourrait plus ignorer cette grossesse longtemps.

Non, je ne veux pas y penser, se résolut-elle. *Pas ce soir. Donne-moi juste quelques jours et je te promets de trouver une solution.* Ebony réalisa qu'elle considérait déjà son enfant comme une personne à part entière, comme s'ils formaient tous les deux une équipe, et elle soupira. Ça ne rendait pas facile la décision à prendre à propos de ce bébé.

Elle se retourna sur le côté et ferma les yeux. Elle rêvait d'Atlas Tigri, en train de lui sourire en signe d'amour, tenant *leur* enfant dans ses bras.

CHAPITRE 3

F ino Tigri balançait le regard entre son père et son oncle. Mateo haussa les épaules s'adressant à son fils. « Je pense qu'il t'a entendu, Cucciolo, mais je n'en suis pas certain. Atlas ? »

Atlas sortit de sa rêverie en clignant des yeux. « Désolé, je pensais à... peu importe. »

« Je me demande à quoi tu pouvais bien penser... » Mateo exhibait sciemment un sourire narquois. « Fino t'a posé une question. »

Atlas se tourna vers son neveu qui était en train de dévorer littéralement ses céréales. « Désolé, Fino. Je n'ai pas compris ce que tu disais. »

Fino sourit à son oncle. « Je voulais juste savoir si tu avais envie de voir Papi et Vita. Bella m'a écrit pour me dire qu'elle m'emmènera faire du cheval. »

« Bien sûr que j'en ai envie Fino. » Atlas lança à Mateo un regard intense dont l'expression montrait qu'il ne plaisantait plus.

« Papi » faisait référence à Stanley le beau-père des jumeaux ; Fino l'aimait bien, lui et Bella, la belle-fille de Stanley. Malheureusement, Vita, la femme de Stanley avait un profil totalement différent. Elle incarnait la croqueuse d'or par excellence, ayant épousée Stanley quelques semaines seulement après la mort de son premier mari. Stan, modéré et gentil, avait lui-même été secoué par la mort, dûe à un cancer, de la mère des jumeaux ; Atlas et Mateo avaient été choqués du fait qu'il se soit remarié aussi vite.

Le jour de son mariage, il leur demanda de lui pardonner. « J'ai besoin de penser à autre chose », leur avait-il dit désespéré, haussant ses épaules, « parce que ça me fait vachement mal. »

Les jumeaux s'étaient montrés accueillant avec sa nouvelle femme, à cause surtout de Bella sa fille. Une adolescente timide et maladroite qui supportait difficilement les ambitions que sa mère lui portait. Vita n'arrêtait pas d'embêter Stanley pour qu'il fasse signer Bella dans sa maison de disques, malgré sa petite voix et son manque total d'intérêt dans l'industrie de la musique. Atlas et Mateo l'avaient pris sous leurs ailes, malgré le dénigrement constant de sa mère, et elle en retour, les aimaient profondément, eux et Fino.

Le fils biologique de Stanley était un cas plus compliqué. Cormac Duggan était un milliardaire à part entière, travaillant à Wall Street. Il avait peu de temps à consacrer aux deux séducteurs italiens, les considérant plus comme des playboys écervelés. Pour faire plaisir à Stan, Atlas avait essayé de se rapprocher de lui, mais Mateo l'y avait découragé.

« Ce n'est qu'un abruti. Ne perds pas ton temps. »

ATLAS SE RAPPELAIT qu'ils en étaient presque arrivés aux mains une fois, mais Mateo n'avait jamais voulu lui dire pourquoi. « C'était pas important, frérot. »

Donc, lorsque Cormac annonça son intention de passer Noël avec eux, Mateo en fut stupéfait, mais ne dit mot. Cependant, il y avait bien une personne à qui Cormac tenait : c'était Fino qui aimait bien l'homme.

Mateo n'en avait cure.

Atlas entendit la voix d'une femme, c'était Molly, la préceptrice de Fino et la chérie de Mateo. Elle fit son entrée dans la cuisine, un beau sourire illuminant son doux visage. Blonde grande et mince, Molly avait conquis le cœur de Fino, qui n'avait jamais pu tisser de liens avec ses précédents précepteurs. Avec Molly, tout était différent. Atlas vit son frère se lever pour l'accueillir dans une accolade (surtout, pas de baiser devant Fino), on pouvait lire l'amour dans ses yeux, ce qui le fit immédiatement pensa à Ebony Verlaine.

Bigre, elle était diablement sexy. Et en plus de ça, intelligente, drôle et gentille ; tout ce qu'il avait toujours recherché chez une femme. Il s'était dit à lui-même de rester calme, de prendre du recul, mais pour être honnête, il mourrait d'envie de l'appeler pour lui dire : « Laisse tout ce que tu fais, et passons toute la journée au lit. »

Atlas sourit à Molly, oubliant un instant le corps sensuel d'Ebony. « Vous passerez Noël avec nous, je l'espère. » Molly sourit timidement et Mateo hocha la tête. « Je le lui ai déjà demandé. » Mateo se retourna vers Molly, qui le regardait avec adoration. « Tu fais partie de cette famille à présent, Mols. » Du doigt, Il caressa doucement sa joue.

Atlas se sentit de trop au milieu de ce tourbillon d'amour entre les deux. Il se leva en souriant « Bon, j'ai du travail qui m'attend. Molly, t'avoir pour les vacances me ferait grand plaisir – et j'espère te voir demain à la collecte de fonds avec Mateo ? »

Molly acquiesça timidement et Mateo sourit. « Moi, venir av... d'accord. » Atlas rit, amusé par Fino qui se moquait de son père, qui affichait un sourire bête.

« À plus tard, les enfants. »

Alors qu'il conduisait en direction de la ville, la neige commença à tomber, il sourit. Fino adorait les Noëls blancs. Quand Mateo et lui étaient plus jeunes, ils avaient toujours des hivers en Italie, où le climat est beaucoup plus chaud ; et même du haut de ses trente-cinq ans, Atlas aimait l'idée d'un Noël parfait. L'hiver dernier, il avait passé quelque temps dans les Montagnes Olympiques, où il avait rencontré sa vieille amie Romy.

QUELLE RENCONTRE C'ÉTAIT *! elle a changé ma vie*, pensait-il maintenant, et ils avaient déjà accompli beaucoup de choses ensemble. Il aimait beaucoup travailler avec sa vieille amie et lui serait éternellement reconnaissant d'avoir renoncé à un salaire de chirurgien pour venir l'aider à construire le Foyer. Elle était bien plus que son chirurgien en chef. Elle était de la famille et était un maillon important du Foyer. Il était tout excité à l'idée de dîner ce soir, avec Romy, Blue et Ebony.

Ses pensées revenaient sans cesse sur la belle et jeune chanteuse. Elle devait avoir 24 ans à tout casser, 10 ans de moins que lui. L'écart d'âge serait-il un obstacle ? Il en doutait. Ils avaient en commun leur sens de l'humour – c'est du moins ce qu'il avait observé la veille – une chose qui transcendait toute considération d'âge.

Il avait hâte de la revoir.

Une fois au Foyer, il fut brutalement ramené à la réalité. Une jeune femme, battue et poignardée par son mari violent, avait été amenée précipitamment au bloc opératoire du Foyer où Romy essayait désespérément de lui sauver la vie.

« Mr Tigri ?»

Atlas n'était pas un homme colérique, mais cette irruption en plein milieu d'une opération critique – non pas qu'il aidait, en restant là, impuissant à regarder et prier – le piqua au vif. Essayant de se maitriser, il se tourna vers l'agent de sécurité avec un regard désapprobateur.

« Veuillez me pardonner », chuchota Noah Valdez. « Nous avons un... problème. Certains résidents se sont plaints et nous avons appelé la police. »

« Vas-y », dit sèchement Romy, sans lever les yeux de la table ; Atlas ne voulait pas la distraire en lui parlant.

Toujours vêtu de la blouse qui lui permettait d'assister à l'opération, il sortit et trouva un jeune homme d'une vingtaine d'années qui s'en prenait violemment aux gardes, leur hurlant de le laisser entrer.

« C'est ma femme là-dedans, et je veux la voir ! » cria-t-il en voyant Atlas. « Et tout de suite, fils de pute. »

« Je ne pense pas que ce soit possible ». Atlas, regardant la petite merde qui avait mis le patient de Romy dans un si mauvais état, ressentait à présent une colère inhabituelle qui lui faisait battre les tempes. « Sachez que la police est en chemin, et vous serez très probablement arrêté pour tentative de meurtre. Vous avez poignardé votre femme à *dix-sept* reprises. Et vous espérez qu'on vous laisse entrer ? T'as de la chance que je ne t'enterre pas, *enfoiré*. »

Il savait qu'il ne devrait pas s'adresser de la sorte à cet homme, qu'il devrait laisser la police s'occuper de lui. Seulement, il était rare que l'agresseur d'une victime se présente au Foyer. Cet homme était-il stupide ?

L'agresseur le regarda de plus près. « Je n'ai rien fait de tel... C'est comme ça que je l'ai trouvée. »

Les yeux d'Atlas passèrent en revue les mains de l'homme. « Et que dites-vous de ces coupures et de ces bleus sur vos mains ? » Il saisit le bras de l'homme alors qui cherchait à les enfoncer dans sa poche.

L'homme criait de douleur pendant qu'Atlas tordait fortement son bras. Il aurait été plus qu'heureux de briser en deux le cubitus de ce salaud, de le laisser gémir et se tortiller sur le plancher, mais heureusement pour lui, les agents de sécurité du Foyer intervinrent et l'emmenèrent. Tandis qu'ils l'entrainaient, Atlas le lâcha, dégoûté et un couteau ensanglanté, caché sous le sweat à capuche du gars, tomba au sol. Au loin, des sirènes approchaient.

« Vous irez en prison pour tentative de meurtre », grogna Atlas à l'homme, les poings serrés. « N'aggravez pas votre situation. »

Romy apparut près d'Atlas, la blouse ensanglantée. « Non. Meurtre tout court », dit-elle faiblement. « Kiersten n'a pas survécu. »

Le meurtrier de Kiersten sourit et, avant qu'il n'ait pu faire quoique ce soit, Atlas lui assena un vigoureux coup de poing sur le côté de la tête, il tituba vers l'arrière et s'effondra. Atlas se précipita vers l'avant, déterminé à lui casser le bras, le visage et tout endroit de son corps qu'il pouvait atteindre, alors même que Romy lui criait d'arrêter.

« Atlas ! Il n'en vaut pas la peine ! » Elle l'entraîna un peu plus loin avec toute la force de ses petits bras, pendant que l'homme se mit à les insulter.

« Putain ! Je t'emmerde, et j'emmerde cette salope. Je vous tuerai tous, tous. Et toi, joli docteur, tu veux que je t'étripe aussi ? Ce serait un putain de plaisir pour moi... »

Il ne pouvait laisser passer ça. Furieux, il fallut trois policiers costauds pour le maîtriser. Romy essayait de le calmer pendant que la police arrêtait le tueur et quelques minutes plus tard, un enquêteur vint pour prendre leur déposition alors qu'Atlas n'était toujours pas calmé.

« Il pourrait porter plainte contre vous pour agression, M. Tigri, mais comme il vient de vous menacer de mort, elle ne pourra pas tenir. »

« Il ne m'a pas seulement menacé, il a aussi menacé le docteur Sasse. Il a menacé de lui faire ce qu'il a fait à sa défunte épouse. » Les instincts protecteurs d'Atlas avaient toujours été forts, mais l'idée que quelqu'un puisse poser le doigt sur Romy autrement que par gentillesse le rendit furieux. « C'est un putain de malade. »

« Sans aucun doute, mais nous devons suivre la procédure. Nous aurons besoin d'avoir accès au corps et à vos locaux pendant toute la durée de l'enquête. »

« Bien sûr, comme il vous plaira », lui dit Romy. Sa main était sur le dos d'Atlas, le câlinant et le réconfortant. Atlas prit une inspiration profonde une fois le détective parti. Il avait enfin pu calmer sa colère mais se sentait gêné.

« Je suis désolé, Romy. Je ne peux tolérer un tel comportement. Je voyais rouge. Est-ce que tout va bien ? »

« Je vais bien » hocha-t-elle de la tête, délaissant enfin son bras. « Je m'en veux juste d'en avoir perdu une autre. Mais, c'est pour ça que je me suis engagée. Nous savions que ce genre de chose pouvait arriver. »

Atlas secoua la tête, rempli de chagrin à cause du décès de la jeune femme, qui le laissait aussi choqué qu'il avait été furieux. Il eut des vertiges, n'étant pas habitué à de telles sautes d'humeur et se sentit soudain très fatigué. « Blue va me tuer parce que je t'ai mise en danger. »

« Tu n'as rien fait », répondit Romy. « C'est moi qui ai choisi ce travail. J'en connaissais les dangers. En plus, notre forteresse de maison nous assure la sécurité. Tu sais combien Blue est à cheval sur la sécurité pour notre famille. »

« Je pense que nous devrions passer à autre chose et juste intensifier notre sécurité au Haven. »

« Attendons de voir ce que pense la police. En attendant, laisse-moi soigner ta main. »

ROMY HÉSITAIT à parler à Blue de ce qui s'était passé. Lorsqu'il rentra de bonne humeur à cause d'une opération réussie, elle décida de ne rien lui dire. Elle ne voulait pas effrayer Ebony. Quand elle rentra, elle alla frapper à sa porte. « Eb ? Chérie, comment te sens-tu ce soir ? »

Ebony ouvrit la porte en souriant. « Je vais bien. Ça devait surement être quelque chose que j'avais mangé. Puis-je donner un coup de main avec le dîner ? Je m'ennuie ainsi à ne rien faire. »

« Ce serait génial, si bien sûr ça ne te dérange pas. Je veux que les enfants mangent et aillent au lit avant l'arrivée d'Atlas. »

Ebony rougit à l'évocation de son nom. Romy le remarqua mais choisit de ne pas en parler. Pour le moment, elle était trop fatiguée pour une séance de questions-réponses. Pendant que toutes les deux travaillaient à la cuisine, Ebony sourit à Romy. « Je croyais que tous les milliardaires avaient des employés. »

Romy riait avec lassitude. « Oh ! Blue a des employés, c'est juste que nous n'aimons pas avoir des gens autour de nous en permanence, surtout lorsque nous sommes en famille. Évidemment, nous avons une nounou merveilleuse, qui est très utile lorsque j'ai du travail. Mais, Blue et moi aimons cuisiner. Donc, pas besoin d'un chef étoilé pour s'occuper de nos repas. En parlant de ça, j'espère qu'Atlas s'est bien occupé de toi hier. »

« C'est un type bien », dit Ebony. « On s'est bien amusé. J'ai hâte d'être à la collecte de fonds. »

« C'est un milliardaire pas comme les autres, n'est-ce pas ? » remarqua Romy, encore choquée par la réaction colérique d'Atlas tout à l'heure. C'était un côté de lui qu'elle ne connaissait pas.

« Pas du tout. Il m'a amenée au Foyer et je dois dire que le travail que vous y faites tous les deux... c'est si inspirant. »

« Merci. Ça signifie que vous vous êtes bien entendus alors ? »

Ebony hocha la tête et cette fois, Romy sourit discrètement en voyant deux taches roses apparaitre sur les joues de son amie. Bien que ce n'était pas du tout son intention de jouer les entremetteuses, elle aurait aimé voir ses deux amis heureux, vu qu'Atlas et Ebony s'entendaient bien. Ebony avait tout à y gagner avec un partenaire aussi attentionné. De plus, Atlas avait depuis longtemps besoin d'une femme bien à ses côtés. Elle savait ce que Blue dirait. Il roulerait des yeux et lui dirait qu'elle ne pouvait pas faire en sorte que tout le monde s'aime.

Si seulement je pouvais..., pensa-t-elle à ce moment, remémorant l'horrible incident de tout à l'heure. Encore une autre femme qui perd sa vie à cause de la jalousie extrême de son partenaire. Même après presque six ans, Romy n'arrivait pas à oublier l'histoire avec son meurtrier d'ex. Dacre Mortimer avait juré de la tuer et avait déjà tué plusieurs femmes avant de la rencontrer. Chaque jour, elle se rassurait en se rappelant que Dacre était mort et qu'il ne pouvait plus lui faire de mal. Ironiquement, ce n'était même pas Dacre qui, à la fin, avait failli la tuer. C'était Gaius, le demi-frère de Blue, très jaloux de son frère, qui avait tiré sur Romy pour faire souffrir Blue.

« Je suis encore en vie », se disait-elle tous les matins. Elle se le murmurait justement lorsque la porte s'ouvrit et que Grace entra gaiement pour la saluer, elle et Ebony.

. . .

BLUE ÉTAIT RENTRÉ de l'hôpital un peu plus tôt, comme il l'avait promis. Pendant que la nounou nourrissait Grace, lui et Romy se faufilèrent dans leur chambre pour « se changer pour dîner ». Bien sûr, à la seconde où la porte se ferma, elle fut verrouillée, – ils étaient parents d'un enfant de cinq ans après tout – les doigts de Blue étaient sur la fermeture éclair de la robe de Romy. Les baisers de Blue sur sa peau procuraient beaucoup de plaisir à Romy pendant qu'elle libérait sa queue de son pantalon, elle lui sourit avant de tomber à genoux et de la mettre dans sa bouche. Elle suça et caressa sa bite jusqu'à ce qu'elle vibre et soit dure comme un roc. Puis, Blue souleva Romy et l'allongea sur le lit, en mettant ses jambes autour de sa taille et en enfonçant sa queue, dure et gonflée, dans sa chatte.

Romy gémissait de plaisir pendant qu'ils faisaient l'amour. Blue l'embrassait passionnément, la laissant à bout de souffle. La manière avec laquelle il lui faisait l'amour la rendait dépendante de son corps d'Éphèbe. Et même, la façon dont il la regardait en la pénétrant...

« Je t'aime tellement », lui chuchota-t-elle, et Blue, lui, mit son nez sur le sien.

« Tu es ma raison de vivre », dit-il simplement. « Tu es tout pour moi, Romulus. »

Elle se mit à ricaner et Blue à sourire, regardant ses seins bouger avec appétit. Puis au moment de la jouissance, elle se mit à haleter son nom, se cambrant, pressant ses seins et son ventre contre le corps de Blue. Il gémit en déversant son sperme profondément en elle. Puis, s'effondrant ensemble, ils s'embrassèrent en reprenant leur souffle. Blue caressa les cheveux qui avaient envahi le visage de sa femme.

« Nous devrions essayer de souvent sortir quand les enfants auront un peu grandi. Juste nous deux. Même un week-end. »

« Deux jours entiers ? » Blue sourit pendant que Romy riait.

« Soyons francs, c'est Gracie qui commande. »

« Notre petite adulte », dit affectueusement Blue. Il examina sa femme. « Tout va bien ? »

Romy hocha la tête. « Oui. Pourquoi ? »

Blue traça, entre ses yeux, une petite ligne. « Je n'ai pas vu ça depuis un moment. Pas depuis quelques années. »

« Je fronçais les sourcils ? »

« Pas maintenant. Mais quand je suis rentré. J'ai peut-être mal vu. »

Dis-lui. Romy, se disait-elle mais sans trouver les mots. Blue s'en voulait encore pour l'incident qui avait failli lui coûter la vie il y a quelques années, bien qu'il la lui sauva, et que ce ne fut nullement de sa faute. Pourquoi réveiller ces vieux démons ? « J'ai une petite migraine. C'est peut-être pour ça. »

« Tu veux de l'aspirine ? »

« Je vais bien mon chéri ; ça ira mieux après le dîner. En parlant de ça, on ferait mieux de se préparer. »

Ils prirent leur douche ensemble, sans se presser, s'embrassant et se caressant, puis s'habillèrent lentement. Romy enfila une robe de thé couleur lilas, dans laquelle Blue la trouvait irrésistible ; elle relâcha ses longs cheveux noirs, qu'elle passa sur une seule épaule. Un maquillage léger et elle était prête. Elle se tourna vers Blue qui la regardait attentivement.

« Approche. »

Elle alla vers lui, et il lui donna un baiser. « Je t'aime, Dr Sasse. »

Romy regarda son mari et réalisa à quel point elle avait eu la chance de le rencontrer. « Je t'aime, Doc. Allons-nous amuser avec nos amis. »

4

CHAPITRE 4

E
bony était tout aussi stressée qu'impatiente à l'idée de revoir Atlas. Elle était vêtue d'une robe rouge sombre ; ses cheveux courts et noirs peignés en coupe carré, et son cou arborait un long collier doré. Il existait une telle alchimie entre eux qu'elle n'en revenait pas. Il entra dans la pièce et d'un coup il fit plus chaud.

Pendant qu'il se penchait pour l'embrasser sur la joue, ses yeux verts rencontrèrent les siens, remplis de désir ; elle était sienne. Ce petit geste à lui tout seul fit trembler de désir Ebony.

Elle huma l'odeur de son parfum coûteux, boisé et épicé et sentit son pouls s'accélérer. « Demain soir », chuchota-t-elle.

Atlas lui passa les doigts sur la joue, ne laissant aucun doute sur le fait que s'il n'y avait eu personne autour d'eux, il l'aurait embrassée langoureusement. « Demain. »

ÇA FAISAIT LONGTEMPS qu'Ebony n'avait pas passé d'aussi bons moments. Assise avec ses amis autour d'un dîner, l'atmosphère gaie et détendue. Atlas était assis près d'elle et il se dégageait une complicité telle qu'on aurait cru qu'ils se connaissaient depuis longtemps, elle lui en était reconnaissante.

« Hey », Atlas s'adressant à Romy et Blue. «Noël. Vous irez à la cabane? »

Blue secoua la tête. « Non, Arti et Dan prennent Grey cette année et nous ne pouvions pas le leur refuser. Alors, pour nous ce sera certainement une soirée tranquille à la maison. »

« Dans ce cas, je vous invite tous à venir à la maison fêter avec nous. Il y aura plein de monde – Stan sera là, et je crois que l'Ange de la Mort sera aussi de la partie. »

Ebony, d'un air curieux, leva un sourcil et demanda : « *Mort* ? » à Romy qui secoua la tête.

« Eh bien, tu as réussi à rendre ta fête incontournable », dit Blue froidement. « Je me doute bien que tu parles du charmant Cormac ? »

« Lui-même. » Atlas sourit. « Mateo est ravi, comme vous pouvez l'imaginer. Il faut tout de même reconnaître que Vida est moins ennuyeuse à Noël et je sais que Fino, Mateo et Stan aimeraient que vous soyez présents ce jour-là. »

« Dacodac », dit Romy et Blue hocha la tête.

Atlas regarda Ebony. « C'est oui ? »

« Moi ? Comment ça ? »

« Toi, Noël, nous... » Il fit un geste pour signifier tout le monde à table. « Ensemble. »

Surprise, elle fut ravie par la demande. Ebony hocha lentement la tête. « Bien sûr. Si ça ne vous gêne pas... »

« Tu fais désormais partie de notre grande famille », coupa Atlas. À voir comment il la regardait, Romy et Blue ne pouvaient que le remarquer, mais Ebony s'en fichait. « J'aurais aimée être là, mais je crois que Juno et Obe viendront de la Nouvelle-Orléans. »

« Alors, ils sont aussi les bienvenus. » Sous la table, ses doigts frôlèrent son genou. « S'il te plaît, viens. »

Ebony n'arrivait pas à détourner son regard d'Atlas. « Dans ce cas, pourquoi pas. Je serai là. »

Après le dîner, Ebony s'aperçut que Romy et Blue filèrent discrètement, non sans s'être excusés, pour s'occuper de la vaisselle ; laissant seuls au salon Ebony et Atlas qui était côte à côte, le bras d'Atlas le long du dossier du canapé. Ebony dut résister à l'envie de se blottir contre lui.

Atlas jeta un coup d'œil vers la cuisine, puis se pencha pour l'embrasser. « J'ai pensé à toi toute la journée », dit-il doucement, « et même toute la nuit. »

Elle traça une ligne autour de sa bouche du bout de son doigt. « Moi aussi... quand je n'étais pas occupée à travailler avec ton groupe. Ils sont géniaux ! »

« Évidemment ! Mike m'a appelé juste avant que je ne vienne ici. Il m'a dit qu'il n'avait encore jamais entendu une voix comme la tienne. Demain soir sera très spécial, Ebony... à plus d'un titre. »

Ebony frissonnait d'impatience. Désirant un autre baiser, elle s'approcha de lui et Atlas glissa une main le long de sa cuisse, ses doigts se rapprochant dangereusement de son sexe en feu. Ebony ne put s'empêcher de prendre sa main et de la presser entre ses cuisses.

« Je meurs d'envie de te sentir en moi », lui chuchota-t-elle à l'oreille ; elle perçut un petit rire moqueur de sa part.

« Si on ne s'arrête pas, je vais te prendre ici et maintenant, ce qui ne serait pas très convenable pour un dîner. » Mais il l'embrassa de nouveau passionnément et gémit quand elle serra sa queue à travers son pantalon.

« Ne programme rien pour après-demain, dit-il, parce que nous passerons la journée au pieu et je vais embrasser chaque centimètre de ton divin corps, Ebony Verlaine. Tu m'obsèdes complètement et les choses que j'ai envie de te faire... elles ne sont pas du tout catholiques. » Il dit tout cela avec un visage plein de malice et Ebony se sentait de plus en plus mouillée.

Elle se pencha. « Je meurs d'envie de le faire tout de suite. »

« Moi aussi. »

Romy et Blue faisaient beaucoup de bruit dans le couloir pour leur signaler qu'ils allaient les rejoindre. Et quand ils entrèrent, Ebony remarqua leurs visages souriants, ils se parlaient tous les deux à l'oreille. Atlas ne retira pas sa main et ne fit aucun effort pour cacher son désir ; Ebony lui sourit.

. . .

En pleine nuit, elle recommença à se sentir mal. Cette fois, elle essaya de faire le moins de bruit possible. Ebony vomit, se rinça la bouche et s'assit à même le sol glacial en carrelage, en posant une main sur son ventre. Devrais-je avoir des nausées aussi tôt le matin ? Elle prit une grande bouffée d'air. Comment avait-elle pu être aussi stupide cette nuit-là, il y a deux semaines. Une nuit mouvementée en ville avec son amie Kate et qui avait mal tourné.

Ebony avait du mal à croire qu'elle avait pu faire une telle chose cette nuit-là. Kate, qui aimait prendre des risques, l'avait poussée à entrer dans ce sexe-club. Au début, Ebony avait résisté, mais plus tard, après avoir pris un verre de trop, elle accepta. « Juste pour voir ce qu'il en est. »

Kate acquiesça en souriant. Mais bien sûr, il s'agissait de sexe et elle s'était retrouvée dans une pièce, ligotée et baisée par un homme dont le visage était caché par un masque en caoutchouc. Il avait un corps super, dur, un peu trop musclé à son goût. Malgré tout, elle apprécia le tatouage sur son dos, un phénix rouge. Il n'avait pas dit un mot, et malgré qu'il eût utilisé un préservatif, elle tomba malheureusement enceinte. Le lendemain, la honte de ce qu'elle avait fait la submergea.

Kate vint ce jour-là pour la voir, étant profondément désolée. « Je suis désolée, Ebony. Je voulais juste que tu te changes les idées. Je ne savais pas que ça pourrait arriver. »

« C'est bon », dit Ebony, « J'étais d'accord, c'est juste que... »

« Je sais, je sais. Mais je sais aussi que tu n'aimes pas ce genre de choses et que j'aurais dû t'en empêcher. »

« Peut-être que je ne t'aurais pas écouté ? » Ebony rassura son amie. « Ce n'est pas grave, tu sais, c'est la vie. C'est juste une mauvaise expérience et ce n'est pas comme si j'étais encore vierge. J'aime juste avoir le contrôle lorsque je dois coucher avec quelqu'un. »

« Je sais et je me sens triste. »

Ebony prit Kate dans ses bras, elle semblait vraiment sincère. «

Écoute, le sexe c'est génial et je suis sûr qu'il y a aussi beaucoup de gens qui aiment ce genre de choses. Mais c'est juste pas mon truc. »

Elle se dit que tout allait bien et que finalement, les sexe-clubs avaient leur raison d'être. Seulement, elle ne pouvait s'empêcher de se sentir sale et méprisable. Elle n'avait même pas vu le visage du type et maintenant elle portait son enfant. Seigneur !

Mais le fait est que... Elle ne voulait pas se l'avouer, mais une petite partie d'elle était excitée à l'idée d'être mère. Beaucoup de femmes font des enfants dans leur jeunesse, se dit-elle, juste que pour elle, le moment était mal choisi. *Si seulement je n'avais pas rencontré Atlas...*

Mais elle avait rencontré Atlas et était si excitée de savoir jusqu'où cela pouvait les mener. Si excitée qu'elle en oubliât les complications qu'une grossesse ajouterait à une relation encore inexistante. Pourquoi s'inquiéterait-elle de quelque chose qui n'existait pas encore ?

En se levant péniblement du sol, elle jeta un coup d'œil à son téléphone. Il était déjà un peu plus de 4 heures du matin à Seattle et elle se demandait si son frère, à la Nouvelle-Orléans, serait déjà réveillé. Elle retourna se coucher et envoya un texto à Obe.

Tu es réveillé ?

Salut, sœurette !

Elle l'appela aussitôt. « Hey ! Bubba, désolé de te déranger si tôt. »

« Ne t'en fais pas ma douce. Que fais-tu debout aussi tôt ? »

« J'ai juste... plein de choses dans ma tête », dit-elle pour esquiver. « Comment est notre ancien terrain de chasse ? »

« Je suppose que tout va bien. Les terrains de chasse sont beaux, juste le froid. Juno est-elle avec toi ? »

« Oui, elle est encore couchée. Je voulais aller à la salle de gym, mais je préfère parler avec toi. Tu me manques, ma p'tite. »

Ebony sourit. « Toi aussi, tu me manques. Écoute, le gars qui travaille avec Romy est un amour. Il nous a invités à passer Noël avec lui et toute sa famille et donc, on devrait y penser. Je pensais t'en avoir déjà parlé. Juno le connaît... Atlas Tigri. »

« Oui, elle en a parlé. C'est cool, c'est cool ! J'en discuterai avec

Juno, mais je crois que ça peut se faire si c'est vraiment ce que tu veux. »

« Je le veux. » Ebony se demandait si elle devait parler à son frère de sa relation avec Atlas, mais elle s'y refusa.

« Tu n'es pas trop nerveuse pour ta soirée j'espère ? » demanda de nouveau Obe.

« Un peu », avoua-t-elle, le laissant toujours croire que c'est ce qui la tenait éveillée, même si elle n'avait pas du tout peur du public. Elle n'avait jamais eu peur d'ailleurs. « Je ne veux pas laisser tomber Atlas et Romy. »

« Impossible ! » dit son frère en riant, « Tu vas tout déchirer, sœurette. »

Ebony le remercia et mit fin à l'appel. Elle était couchée dans son lit, l'esprit tourbillonnant. Elle voyait à quel point sa vie était en train de changer en rien moins de temps. Elle ne savait pas ce que l'avenir lui réservait, mais elle était certaine d'une chose : Demain à la même heure, elle serait au lit avec l'homme le plus beau qu'elle ait jamais vu... et elle était impatiente.

CHAPITRE 5

C'était son rituel, faire une visite de la salle, tôt le matin, le jour de la représentation, histoire de prendre ses marques. On est souvent déboussolé lors de tels évènements.

Ebony entra dans la salle de spectacle et s'arrêta. Tu parles d'une autre ambiance. « Wow. » Bien décorée comme à chaque fois, la grande salle avait été transformée en un lieu féerique blanc et argent au thème de Noël, avec des milliers de petites lumières blanches scintillantes. Ebony parcourut la pièce du regard pendant que le personnel dressait les tables et préparait la salle.

Tout cet argent qu'Atlas y avait investi – son propre argent, lui avait dit Romy – la rendait quelque peu perplexe. Il était riche, immensément riche, et cela l'effrayait un peu.

Sur la scène, il y avait un rideau de cristaux suspendus comme de la pluie derrière l'endroit où elle chanterait. Ebony se sentit soudain submergée par un sentiment difficile à décrire, qu'elle n'appréciaitpas.

« Mlle Verlaine ? »

Elle se retourna pour répondre à une jeune femme toute souriante. « C'est bien moi, bonjour. »

« Bonjour, je suis Felicity. M. Tigri m'a prévenu que vous passeriez plus tôt. »

Ebony la regarda avec surprise. « Il a vu juste on dirait. » La façon dont il semblait tout savoir d'elle alors qu'ils venaient à peine de se rencontrer pouvait être agaçant, mais elle trouva que ça rendait le personnage encore plus sexy.

« Il a demandé si vous aimeriez apporter des changements. Quoique vous vouliez, je le ferai. »

Ebony n'avait même pas besoin de vérifier. C'était de loin le plus bel endroit où elle ait eu à chanter. « Non. Tout a l'air magnifique. Assure-toi que le batteur de jazz ait un écran, s'il te plaît. » À l'air confus de Felicity, elle comprit : « La cage en plastique qu'on voit parfois autour d'eux. Elle permet d'éviter que le son des instruments plus silencieux, ainsi que ma voix soient noyés dans les autres bruits. Ce n'est pas la norme dans le jazz, mais à la répétition de ce matin, le batteur en a demandé une. »

Felicity prit des notes sur son téléphone. « Je m'en occupe », promis-t-elle. « M. Tigri a aussi dit que vous voudriez peut-être une nouvelle tenue pour ce soir. Vu l'évènement, il m'a demandé de vous le proposer. »

Pendant une seconde, Ebony se sentit offensée à l'idée qu'on puisse penser qu'elle n'avait pas de tenue adéquate pour un évènement aussi sélect. Et puis Atlas, sous prétexte que « c'est une occasion spéciale », voulait frapper un grand coup, et elle réalisa qu'il cherchait à la séduire. Involontairement, son assistante lui servait d'intermédiaire, rien de moins.

« J'adore faire du shopping », confia Felicity en souriant timidement. « Surtout avec un budget illimité. Je serais heureuse de vous aider à choisir quelque chose. M. Tigri m'a dit de prendre la journée pour vous aider et prendre en charge toutes vos dépenses. »

Ebony sourit. « Il a vraiment dit ça ? Bon, d'accord. Emmène-moi donc à l'endroit que tu préfères. »

Debout dans la boutique de luxe peu de temps après, Ebony semblait fascinée devant les vêtements de la créatrice. « Je n'en peux plus. »

Felicity rit. « Pas encore. Maintenant dites-moi, c'est quoi votre style ? »

Ebony hésita puis dit. « Je suis une fille rétro. J'aime tout ce qui date des années 20, 30 ou 40. »

Felicity hocha la tête. « Alors nous sommes au bon endroit. Carmen est une étoile montante de la couture à Seattle, et elle aime tout ce qui est rétro. Elle va vous étonner... »

Au cours de l'heure qui suivit, elles purent rencontrer la créatrice en personne qui présenta plusieurs de ses créations qui firent perdre la tête à Ebony. Finalement, elle opta pour une robe dorée et ajustée à sa taille qui laissait transparaître ses courbes en donnant à sa peau foncée un effet époustouflant. Felicity l'emmena ensuite dans un salon de beauté où ils la coiffèrent, en faisant des boucles autour de son visage. Ebony eut de la peine à se reconnaître dans le miroir tellement elle était belle.

« À présent, passons aux sous-vêtements », dit Felicity.

Ebony rougit. « Humm... »

Felicity sourit malicieusement. « En haut et en bas. C'est ce que M. Tigri a suggéré, mais seulement si vous êtes d'accord. Il ne cherche pas à vous faire ressembler à Eliza Doolittle – pour reprendre ses mots. »

Des sous-vêtements neufs et sexy, c'étaient vraiment tentant, mais Ebony se sentit gênée. « À condition que je puisse moi-même payer mes sous-vêtements. »

« C'est comme vous voulez. »

Elles allèrent dans une petite boutique, et Ebony acheta des sous-vêtements rouge foncé qui coûtaient beaucoup trop cher pour quelque chose qui pouvait être déchiqueté en trois secondes. Bon sang, elle espérait qu'ils finiraient en morceaux sur le sol. Ça en vaudrait la peine.

« Bon choix », approuva Felicity, qui sourit ensuite. « Voilà qui est fait. On déjeune ? »

Ebony avait beaucoup apprécié déjeuner en compagnie de Felicity, elle pût ainsi apprendre à mieux connaître la jeune femme. « Depuis combien de temps travaillez-vous pour Atlas ? »

« Cinq ans », répondit Felicity en mâchant son sandwich. « Il m'a recrutée comme stagiaire – une stagiaire rémunérée en plus – et après le départ de sa secrétaire de longue date, je suis devenue son assistante. Je crois qu'il m'aime bien parce que face à lui, je sais garder la tête froide. Je suis franche avec lui. »

Ebony sourit. « C'est bien ce que je me disais. C'est un type bien. »

« Il l'est vraiment. » Felicity considéra Ebony. « Il m'a dit que vous étiez de Seattle ? »

Ebène hocha la tête. « Née et grandie. J'ai quitté Seattle quand mon frère a déménagé à la Nouvelle-Orléans. Par un heureux hasard, c'est là-bas que je découvre la Fondation qui m'a encadrée et a soutenu ma carrière.

Felicity hocha la tête. « Le frère de ma copine travaille aussi avec eux. Ben Faldo. »

« Je connais Ben, c'est un musicien talentueux et un homme charmant. » Felicity eut un sourire radieux. « En effet, il l'est. » Ebony avait beaucoup apprécié Felicity, et après que celle-ci l'eut ramenée à leur point de départ elle lui donna son numéro de portable. « Au cas où tu voudrais aller boire un verre un de ces jours. »

Felicity sourit. « Avec grand plaisir. Mets-leur le feu ce soir. »

« Tu ne viens pas ? »

« Malheureusement, pas cette fois, j'ai un truc de prévu en famille, mais je ne doute pas que tu feras une belle prestation. »

EBONY ACCROCHA sa robe de scène derrière la porte de sa loge et, couvrant soigneusement ses cheveux d'un bonnet de bain, puis entra dans la douche. Elle n'était pas sûre que toutes les loges eussent des douches, mais c'était bien pratique. Elle frotta, rasa, massa d'huile hydratante toutes les parties de son corps, puis enfila ses nouveaux sous-vêtements. L'huile avait un reflet doré qui faisait briller sa peau foncée, et le sous-vêtement rouge foncé était la couleur parfaite pour elle. Elle remit la robe qu'elle portait, ne voulant pas que sa robe de spectacle soit froissée – ce n'est que dans quelques.

Joyeuse, elle commença à faire des exercices vocaux, en sachant malgré tout que cela ne ferait pas une grande différence, vu qu'il y avait encore beaucoup de temps avant le début du spectacle. On l'interrompit au milieu d'une gamme, quelqu'un avait frappé à la porte.

Son rythme cardiaque monta en flèche quand elle ouvrit la porte. C'était Atlas, il lui souriait. « Bonsoir, ma belle. »

Elle ne put s'en empêcher ; elle le saisit par la cravate et le tira à l'intérieur, elle pressa son corps contre le sien alors qu'il penchait sa tête pour l'embrasser. Elle passa ses doigts dans ses boucles sombres, savourant chaque instant du baiser, ses lèvres fermes et douces, dans une passion féroce.

Quand il put enfin lui échapper, il respirait à pleins poumons, Ebony riait. « Mon Dieu, Atlas Tigri... ce que tu me fais. »

« Ce que je vais te faire plus tard ce soir », dit-il, en passant ses bras autour de sa taille. « Tu auras droit au service complet. »

Ebony gémit d'impatience. « Suis-je en train de rêver ? Je pense que oui. »

Atlas rit, ses yeux verts brillaient. « Alors, ce doit être le cas pour moi aussi, ma belle. Dis-moi, Felicity t'a-t-elle bichonnée comme je le lui ai demandé ? »

C'était au tour d'Ebony de rire. « Ah ça, oui alors ! Je me sentais comme Julia Roberts dans Pretty Woman, l'histoire de pute en moins. »

« Bien sûr, je ne voulais pas que tu te sentes offensée. J'ai bien insisté là-dessus, sans pour autant te donner l'occasion de refuser. »

« J'ai bien compris », lui promit-elle alors qu'il l'embrassait de nouveau, tandis qu'il passait une mèche de cheveux derrière son oreille. « Es-tu nerveuse ? »

Ebony secoua la tête. « Non. Pas du tout, Atlas. »

Il gémit. « Je n'ai jamais autant souhaité qu'une fête se termine. Je suis le pire des hôtes ce soir. »

Ebony sourit. « Ce n'est pas ce que je pense de toi. »

Atlas sourit. « Hé, tu as faim ? J'ai commandé une pizza. »

« Tu lis dans mes pensées. »

Ils parvinrent pendant leur repas à contenir la furieuse envie de se toucher, et seuls des saints – ce qu'ils étaient sûrement – auraient pu y parvenir, pensa alors Ebony. À la fin, lorsqu'Atlas dû partir, il lui donna un baiser sur la joue et la laissa seule pour se préparer. « Habille-toi. » Il se pencha et lui murmura à l'oreille : « Pour que je puisse te déshabiller plus tard. »

La laissant complètement en feu, il s'en alla.

Elle se ressaisit, Atlas l'avait mise dans tous ses états. Elle enfila sa robe haute couture et fit un exercice vocal complet pendant qu'elle attendait d'être appelée par le chef d'étage. Alors qu'elle approchait de la scène, elle entendit les bruits des invités dans la salle et jeta un coup d'œil à la foule. Des dizaines de personnes richement et élégamment vêtues, qu'elle ne reconnaissait pas, se promenaient, verres de champagne à la main, parlant et riant l'un à l'autre.

Elle vit Atlas s'approcher du micro, époustouflant d'élégance dans son costume Armani et son nœud papillon. Ebony sentit au plus profond d'elle le désir l'envahir alors qu'elle écoutait sa voix grave et sensuelle remercier les invités d'être venus. Il parlait avec tant de passion de Haven et des ambitions qu'il nourrissait pour cette fondation qu'Ebony était au bord des larmes.

Elle réalisa qu'Atlas arrivait à la fin de son discours et était sur le point de l'annoncer. Elle frémit quand elle se rendit compte du ton affectueux que prit sa voix en parlant d'elle, et quand il l'annonça, elle monta sur scène sous les applaudissements chaleureux u public. Atlas lui baisa la joue en lui faisant un clin d'œil. « Montre-leur, ma belle. »

Ebony eut une montée d'adrénaline alors qu'elle saluait la foule et présentait son orchestre, après quoi, la musique fut lancée, elle commença à chanter.

Atlas se tenait sur le côté de la scène, captivé par Ebony. Sa voix, grave, tremblante et sensuelle, lui donnait des frissons dans le dos. La façon dont la robe dorée collait à sa peau le rendait fou, et lorsqu'en chantant, elle posa le regard sur lui un moment en souriant, son cœur se mit à battre à tout rompre.

Atlas avait passé les deux derniers jours à se demander s'il avait raison de vouloir s'engager avec Ebony. Pas à cause de qui elle était, mais à cause de qui il était lui. Était-il en train de profiter d'elle ? Il détestait cette idée, car Ebony était très jeune. Son instinct lui disait qu'elle était spéciale et pour l'instant, il comptait s'y fier. Il rêvait de sa peau sombre et soyeuse et de ses yeux marron foncé dès le moment où il l'avait rencontrée, et quand il l'avait embrassée, tout était devenu clair pour lui.

La veille au soir, il avait dit à Mateo ce qu'il ressentait pour elle, et Mateo, en bon séducteur, fut ravi. « Mon frère, tant que ça ne fait de mal à personne, où est le mal ? Et sincèrement, il était temps, Atlas. Tu as été entouré de profiteuses et de chercheurs d'or toute ta vie. Si aujourd'hui ton instinct te dit que cette fille est différente, fonce ! »

Atlas ferma les yeux un instant, transporté par le son de sa voix. Elle l'enveloppait d'une sensation douce et suave qu'il imaginait trouver dans son corps plus tard. Ebony revisitait les classiques dans un style moderne et original, elle envoûtait les convives rassemblés là par sa voix douce au timbre rauque à certains moments. La fin de chaque chanson était marquée par un tonnerre d'applaudissements, certains poussaient des cris en signe d'approbation, et Atlas voyait Ebony gagner en confiance. Son joli sourire, sa façon amicale et naturelle d'échanger avec le public entre les chansons... à n'en plus douter, c'était une star. Atlas se fit la promesse de parler d'elle à Stanley – son beau-père, avec tous les contacts qu'il avait dans le milieu, il pouvait apporter beaucoup à Ebony, et elle méritait qu'on lui donne sa chance.

Il sentit quelqu'un lui toucher le bras, c'était Romy, magnifique dans sa robe de soirée bleue nuit, elle lui souriait. « Elle se débrouille bien, pas vrai ? »

« Plus que bien », répondit Atlas, sans trop se laisser distraire d'Ebony qui chantait. « Comment vas-tu ? »

« Très bien. Blue est allé nous chercher des boissons. Écoute, je voulais te remercier de ne pas lui avoir parlé du type d'hier à Haven. Je ne veux pas qu'il s'inquiète pour moi – il le fait déjà assez, de toute façon. »

Le sourire d'Atlas s'estompa. « L'inspecteur a appelé. Le type a été libéré sous caution. Il faut renforcer la sécurité. »

Romy n'avait pas l'air inquiète. « Ce sera fait, ne t'inquiète pas. Je n'arrive pas à croire qu'ils aient libéré sous caution cet enculé. Il l'a tuée. »

« Apparemment, sa famille a de nombreuses relations. »

Romy avait l'air en colère. « Mon Dieu. Les prépas n'étaient qu'une bande de salauds. Pareil pour Dacre »

Atlas lui tint tête. « Dacre est mort. »

« Je sais », soupira Romy. « Mais il y en a toujours un autre et un autre... »

« C'est pourquoi nous faisons tout ça. » Il passa un bras autour de ses épaules et la serra dans ses bras. Ebony était sur le point de commencer une autre chanson, et Romy sourit à nouveau.

« Mon Dieu, j'adore cette chanson. »

C'était une reprise *d'At Last* d'Etta James, qui plaisait toujours à l'audience, et le public commença à chanter avec Ebony, qui les encouragea d'un sourire. Elle avait conquis leur cœur, c'était évident, et Atlas ressentait leur affection pour elle. Dans cette vie et cette carrière où il avait été témoin de tant de souffrances, tant de barbarie, c'était un soulagement pour l'âme de voir quelqu'un se connecter ainsi aux autres. Il sentit Romy lui sourire et baissa sur elle son regard.

« Tu es sous le charme on dirait », dit-elle en le poussant de l'épaule et il rit.

« Je l'admets, je le suis », dit-il honnêtement.

Romy sourit et lui donna un câlin affectueux de côté. « Je suis contente pour toi, Atlas. J'adore Ebony, et vous méritez tous les deux d'être heureux. Elle ressent la même chose, crois-moi. »

« Je l'espère bien. Nous n'en sommes qu'au début, Romy. J'espère que ça aboutira à quelque chose, mais pour le moment... »

« Je sais, je sais. Profitez-en, c'est tout ce qui compte. Seigneur Dieu, cette voix, c'est comme du velours, tu ne trouves pas ? »

À LA FIN de sa représentation, Atlas – tout comme le public – sortit de sa transe, pour servir en même temps que les autres, des applaudissements longs et soutenus à l'artiste. Il monta sur scène alors qu'elle faisait la révérence, intimidée par ce public si chaleureux. « Mesdames et messieurs, c'est un cliché, je sais, mais ce soir, une étoile est née. Mlle Ebony Verlaine, sous vos ovations. »

Ebony sourit, flattée. Elle rougit alors qu'Atlas l'embrassait sur la joue. « Tu as été sensationnelle, bébé. Tout à fait sensationnelle. »

CHAPITRE 6

A u dîner après le spectacle, Atlas la fit asseoir près de lui, à la même table avec Romy et Blue. « J'ai pensé que tu voudrais être entourée d'amis. »

Ebony lui sourit, reconnaissante. « Je ne vous remercierai jamais assez pour cette opportunité », dit-elle à Romy et Atlas. « Si je peux aider en quoi que ce soit d'autre, n'hésitez pas à me demander. J'en serais ravie. »

« Je pense que tu vas crouler sous les offres maintenant », dit Blue en clignant de d'œil. « Et, si je ne me trompe pas, je crois bien avoir aperçu Roman Ford ici. »

« De Quartet ? » demanda Ebony les yeux illuminés. Quartet était l'une des plus grandes maisons de disques au monde – mais ils étaient très, très pointilleux quant à la sélection des artistes avec lesquels ils travaillaient. Faire partie de leur label assurait une carrière comme nulle autre.

« Celui-là même... Je peux vous présenter si tu veux. » Atlas hocha la tête vers une table où Ebony vit Roman qui riait avec une belle blonde qui lui semblait familière. Ebony la reconnue, il s'agissait de Kym Clayton, la guitariste de The 9th and Pine, un groupe de rock de

Seattle dont elle et Obe étaient fans, et qu'ils avaient plusieurs fois vu jouer en concert.

Ebony déglutit nerveusement. Elle avait mis sa voix à l'épreuve pendant des heures, mais ce n'est qu'à cet instant qu'elle sentit sa gorge sèche comme du sable. « Une autre fois peut-être, je ne veux pas passer la soirée à me vendre. »

Atlas et Blue rirent, et Romy serra la main d'Ebony. « Chérie, dès que tu as ouvert la bouche pour chanter, ta présentation était faite, crois-moi. »

Romy n'avait pas tort. Après le succulent dessert de sorbet au champagne et fraises, Roman Ford s'approcha de leur table et lui serra la main. Il la complimentait, et Il n'en fallait pas plus pour qu'Ebony se mette à bégayer. « Cette voix est ahurissante, Ebony. » Et quand sans qu'on s'y attende, il ajouta : « Appelez-moi. J'aimerais que vous rencontriez mes partenaires », elle se serait peut-être effondrée sur ce sol qu'elle sentait disparaitre sous ses genoux si Atlas ne l'avait pas discrètement soutenue avec une main dans son dos.

Il remit à Ebony une carte de visite, puis resta discuter avec eux un certain temps. Ebony était assise, écoutant ses amis parler et rire, sentant les doigts d'Atlas lui caresser le dos nu, la carte de visite de Quartet dans son sac et entourée d'amis. Elle eut comme un pincement au ventre – toute une nouvelle vie, et à plus d'un titre. *Tout cela est-il vraiment réel ?*

Alors que vers la fin de la soirée, la salle commençait déjà à se vider de ses invités, Atlas et Ebony dirent au revoir à leurs amis et main dans la main, entrèrent dans l'ascenseur pour rejoindre la suite du penthouse. Ilse regardèrent longuement, nul besoin de mots. Et quand ils entrèrent dans la suite, Atlas la prit dans ses bras et l'embrassa.

« Tu as été époustouflante, et la fête, un succès... mais, mon Dieu, je suis content que ce soit fini... »

Ebony gémit alors qu'il vint placer son visage dans le creux de son cou, ses lèvres sur sa gorge, ses doigts tirant doucement les bretelles de sa robe sur ses épaules. Le tissu d'or glissa le long de son corps

jusqu'au sol et, ce fut au tour d'Atlas de gémir à la vue de ses courbes.
« Encore plus belle que dans mes rêves. »

Les doigts tremblants d'Ebony défirent sa cravate, puis débou-
tonnèrent sa chemise. Elle pressa ses lèvres sur sa poitrine, ses
pectoraux durs recouverts d'une légère toison de poils noirs, traînant ses doigts le long de son ventre plat, le sentant se contracter
de désir sous l'effet des caresses. Tandis qu'elle ouvrait sa
braguette, Atlas lui caressait l'estomac. Elle le regarda fixement
pendant qu'elle libérait de ses sous-vêtements sa queue énorme,
dure comme du diamant, qu'elle se mit à caresser contre son
ventre nu.

Atlas murmura quelque chose en italien et lui pris le visage des
deux mains en l'embrassant passionnément. Sa main glissa entre ses
jambes, la caressant à travers sa petite culotte, puis la fit glisser
doucement le long de ses jambes. Le geste assuré, il détacha son
soutien-gorge et laissa tomber ses seins mûrs et pleins entre ses
mains ; jouant avec entre ses doigts, Atlas l'embrassa de nouveau,
puis l'emporta dans ses bras vers la chambre à coucher.

Sur le lit, il pressa son corps sur le sien en la couvrant, l'embrassa,
puis descendit au niveau des seins pour titiller ses mamelons de sa
langue, l'un après l'autre. Ebony emmêla ses doigts dans ses cheveux
noirs alors qu'il se déplaçait le long de son corps, explorant le creux
de son nombril avec sa langue, puis, elle se mit à haleter, sa bouche
avait trouvé son sexe.

En la titillant, la mordant, la dégustant, il l'amena de sa langue
experte à un orgasme voluptueux, inondant son sexe de désir. « Je
veux te goûter moi aussi. »

Toute souriante, elle le poussa sur son dos, et prit sa queue dans
sa bouche. Son membre était si énorme qu'elle ne put le prendre en
entier, et donc, elle le saisit par la base, pendant que sa bouche
travaillait, sa langue dans un mouvement de va-et-vient roulait le
long de la peau soyeuse, qui recouvrait ce membre si dur.

« Mon Dieu, Ebony... »

Elle sentait qu'il y était presque, mais ne baissa point sa cadence,
jusqu'à ce qu'il tire des jets de sperme sur sa langue, tremblant et

gémissant son nom. Elle avala la douceur salée, puis l'enjamba pour se placer au-dessus, le temps qu'il s'en remette.

Atlas lui caressa le ventre, malaxa ses seins. « Tu as un corps divin », dit-il essoufflé en riant, alors qu'elle se penchait pour l'embrasser, pressant ses seins et son ventre contre les siens.

Il la retourna sur le dos. « Je vais te baiser tellement fort, Ebony, toute la nuit. »

Ebony sourit. « Dis-m'en plus », dit-elle en ronronnant, alors qu'il s'asseyait pour mettre un préservatif, le roulant sur sa bite raide. « Ta queue est si grosse, bébé. »

« Et tu vas la prendre en entier, ma chérie. » Il glissa ses mains entre ses jambes. « Tu es si mouillée mon amour. »

« J'ai été mouillée toute la journée, en pensant à ce moment », chuchota Ebony. « En pensant à toi, la sensation de t'avoir en moi... *oh... mon Dieu...* »

Atlas s'était glissé en elle lentement, remplissant sa chatte soyeuse de sa bite dure comme du roc. Un moment, il s'arrêta, ils se regardèrent, savourant l'instant, puis une passion frénétique s'empara d'eux deux, ils baisaient fort et vite, dans un élan animalier. Les ongles d'Ebony s'enfonçaient dans le dos et les fesses d'Atlas, le désirant davantage, toute palpitante et haletante.

Atlas claquait ses hanches contre les siennes, forçant ses jambes à s'élargir jusqu'à ce que ses hanches brûlent, mais Ebony aimait cette délicieuse douleur. Elle le voulait, et elle le voulait tout entier, la sensation de ce phallus allant de plus en plus loin à l'intérieur d'elle, c'était l'extase. Elle délirait, ivre de plaisir, alors qu'Atlas épinglait ses mains sur le lit, la culbutant plus fort jusqu'à ce qu'elle crie, et qu'elle explose dans un orgasme qui la fit littéralement voir les étoiles. Elle sentit à l'intérieur d'elle la bite d'Atlas vibrer fort et il gémit son nom quand lui aussi atteignit l'orgasme. Ils s'effondrèrent ensemble, la respiration lourde et haletante.

« Reste en moi un moment », dit-elle, et Atlas sourit.

« Je resterais en toi pour toujours si je le pouvais, ma belle. » Sa bouche était à présent douce sur ses lèvres, tendre, aimante. Ebony repoussa quelques boucles noires de son front humide.

« Mon Dieu, mais quel homme magnifique », dit-elle moqueuse. Elle ne pouvait toujours pas croire qu'il la voulait, mais elle adorait le regard doux plein d'amour dans ses yeux. « J'espère que je ne t'ai pas déçu. »

Atlas rit à haute voix en levant les yeux. « Bébé, ce soir, le mot déçu a été effacé de mon vocabulaire. Disons plutôt comblé, époustouflé... encore mieux que ce à quoi je pense sans arrêt depuis quarante-huit heures. Mon Dieu... j'aime le fait que nos deux corps aillent si bien l'un avec l'autre... tu vois de quoi je parle ? »

Ebony se tortillait, se délectant du fait que sa bite, encore à moitié dure, était toujours profondément enfoncée dans sa chatte. « Baise-moi encore », dit-elle en lui pinçant la lèvre inférieure avec ses dents. « Fais-moi crier. »

Atlas sourit. « Vos désirs sont des ordres... »

Il se détacha d'elle un moment, non sans s'excuser, le temps de se débarrasser du préservatif usagé, puis retourna rapidement dans ses bras. Il fit passer ses genoux sur les épaules puis s'assis. « Est-ce que c'est inconfortable ? »

Ebony secoua la tête. Atlas avait récupéré un nouveau préservatif, et alors qu'il plongeait son visage dans le sexe d'Ebony, elle roula le préservatif le long de son manche long et épais, sentant le muscle d'acier à l'intérieur frémir à son contact. Elle lui tint les couilles dans ses mains, les chatouillant, les taquinant jusqu'à ce qu'Atlas gémisse, sa voix résonnant contre son clito, puis il était à nouveau en elle.

C'était encore plus intense cette fois-ci. Leurs regards passionnés ne faiblirent jamais pendant qu'ils baisaient, Ebony se jetant contre lui, les mains d'Atlas rugueuses parcourant sa peau. Ils jouissaient encore et encore, baisant sur le sol, contre les murs, et même contre la fenêtre en verre, Atlas prenant Ebony par derrière, pressant ses seins et son ventre contre le verre froid.

Même sous la douche, alors que l'aube approchait, ils ne pouvaient pas se lasser l'un de l'autre, Atlas abandonna ses fesses rondes et fermes pour s'enfoncer dans son cul comme Ebony le lui avait demandé. Avec leurs yeux, leurs mains, leurs bouches, ils explorèrent chaque centimètre de l'autre. Pendant les courtes pauses où ils récupéraient, ils parlaient, riaient et plaisantaient, et Ebony sentit quelque chose changer dans son âme. Elle n'avait jamais eu ce genre de relation, cette alchimie avec qui que ce soit avant.

Atlas lui caressa le visage alors qu'à l'extérieur de leur chambre, le jour se levait. « J'ai libéré mon emploi du temps d'aujourd'hui. Tu es libre ? »

« Je le suis. » Elle vint se blottir contre lui, et il l'entoura de ses bras.

« Voudrais-tu venir chez moi, rencontrer mon frère et mon neveu ? »

Ebony sourit. « J'adorerais. » Elle aimait le regard plein d'espoir dans les yeux d'Atlas – ils exprimaient son réel désir de la voir faire partie de sa vie. Ce sentiment la toucha bien plus que tout ce qu'il avait fait pendant les dernières heures, mais pas moins profondément.

« D'abord, n'étant plus tout jeune... »

« À trente-quatre ans... »

Atlas rit. « Pourquoi ne pas essayer de dormir un peu malgré toute cette excitation ? Je voudrais dormir en te tenant dans mes bras. »

Ebony mis sa tête au creux de son épaule. « Je suis toujours partante pour un petit somme. »

Atlas gloussa, en pressant ses lèvres sur son front. « Je savais qu'on avait beaucoup en commun. »

« Fais de beaux rêves, Atlas. »

« Fais de beaux rêves, bébé. »

CHAPITRE 7

F elicity frappa à la porte du bureau de Romy. « Romy ?
L'inspecteur Halsey est là, il demande à vous voir. »

« Merci, Felicity. » Romy se leva quand le détective entra
et lui serra la main. « Je vous dirait que c'est bon de vous revoir, mais
à voir la tête que vous faites... »

Elle lui demanda de s'asseoir d'un geste de la main, et l'inspecteur
la remercia. « En effet, je vous apporte hélas de mauvaises nouvelles.
Carson Franks a été libéré de prison ce matin, sa caution de trois
millions de dollars a été payée. Apparemment, c'est peu de monnaie
pour sa famille. »

« Humm. » Romy soupira. *Un autre enfoiré de riche qui s'en tire avec
un meurtre.*

« Hélas. Franks a tout de même dû renoncer à son passeport,
mais... »

« Mais avec son argent, obtenir de faux papiers ne sera pas un
problème. »

L'inspecteur John Halsey la regarda. « Dr. Sasse... Je suis au
courant pour votre ex-mari, je sais donc que vous êtes déjà passée par
là. »

« Malheureusement, oui. C'est ce qui m'a poussée à m'engager dans Le Foyer. La victime, Kiersten Merchant, avait hélas le profil type de nos résidents. Et ça fait très mal d'en perdre comme cela, c'est dire qu'on n'a pas pu les sauver. » soupira Romy en frottant son visage. « Oh ! Pardonnez-moi inspecteur, vous avez autre chose ? »

Il hocha la tête. « Dr Sasse, nous avons des raisons de croire que les menaces de Franks à votre égard n'étaient pas des paroles en l'air. Je suis venu m'assurer que M. Tigri et vous prenez la question de la sécurité au sérieux. »

Romy acquiesça. « C'est le cas. Nous avons plus que doublé l'effectif de nos agents de sécurité. Il ne s'approchera pas de notre structure, je vous l'assure. »

« Je vous tiendrai au courant s'il y a du nouveau. » Son regard se posa un instant sur la grande baie vitrée du bureau du rez-de-chaussée de Romy, et elle lut sa pensée.

« C'est pare-balles », dit-elle, « mais si vous pensez que nous devrions prendre des précautions supplémentaires. »

John Halsey hocha la tête. « C'est juste que... J'ai déjà eu affaire à ce genre d'obsédés. Carson Franks accuse cet établissement, M. Tigri, et vous, de la mort de Kiersten. C'est comme ça que fonctionne l'esprit d'un psychopathe. Peu importe qu'il l'ait poignardée 17 fois. C'est toujours la faute de quelqu'un d'autre. »

De vieux souvenirs ressurgirent dans l'esprit de Romy, qu'elle repoussa aussitôt. Il y avait bien longtemps déjà que Dacre était sorti de sa vie, et la peur qu'il lui inspirait aussi. Pas question de la laisser ressurgir.

Plus tard, chez elle, après que les enfants se soient couchés, Romy et Blue partagèrent un bain dans la baignoire. Romy s'allongea contre la poitrine ferme de Blue alors qu'il traînait ses doigts le long de son estomac, et lui caressait les seins. Elle gloussa alors qu'il lui mordillait langoureusement l'épaule.

« Comment s'est passée ta journée, ma belle ? »

Romy hésita avant de répondre, n'ayant pas l'habitude de cacher quoi que ce soit à son mari. Mais son instinct de protection prit le dessus. « Oh, comme d'hab, comme d'hab. Pas de nouveaux arrivants aujourd'hui, ce qui est toujours une bénédiction, j'ai donc eu le temps d'avancer avec la paperasse. »

« Ennuyeux. »

Elle rit. « Dixit le chirurgien. Un gros dossier en cours ? »

« Oh, oui. On va bientôt avoir une greffe en domino. »

« Waouh. » La chirurgie en domino était une intervention rare et risquée, impliquant plusieurs donneurs-receveurs d'organes dans le cadre d'une opération chirurgicale simultanée. « C'est votre premier ? »

Blue l'embrassa sur la tempe. « Oui... Envie de participer ? »

« Ça oui alors... si c'est possible. »

« C'est une faveur qu'on ne peut te refuser à l'hôpital, évidemment que oui. »

Romy se tourna la tête pour le regarder. « Faveur pour services rendus au patron. »

Blue rit. « Bien évidemment. »

Romy se retourna, à califourchon sur Blue qui, presqu'aussitôt s'approcha de ses seins, et elle sourit, puis soupira joyeusement quand il lui prit un mamelon dans la bouche. Elle se pencha pour caresser sa bite, la sentant gonfler et durcir dans sa main. Blue la souleva et l'empala sur son manche. « Mon Dieu, ta chatte est si soyeuse », dit-il en l'embrassant, écrasant ses lèvres contre les siennes alors qu'elle commençait à le chevaucher, roulant ses hanches vers les siennes. De ses doigts, il s'agrippa à ses hanches alors qu'elle se l'enfonçait de plus en plus profondément. « Romy, Romy, Romy, Romy... »

À l'entendre ainsi murmurer son nom, Romy en frémissait de tout son corps, et elle accéléra la cadence, regardant vers le bas pour voir sa queue glisser dans et hors d'elle. « Elle est belle la vue, n'est-ce-pas ? » souffla Blue, « j'adore nous regarder baiser. »

« Oh putain, oui... » Romy y était presque, et quand Blue se mit à caresser son clito, une secousse la traversa et elle poussa un petit cri en jouissant, puis sourit quand elle le sentit projeter du sperme loin dans son ventre. « Je t'aime tellement, Blue Allende. »

« Et je t'aime aussi, ma belle », dit-il l'embrassant avec passion.

Alors qu'elle reprenait son souffle, elle vit Blue qui la regardait avec tant d'amour dans ses magnifiques yeux verts, que ses yeux se remplirent de larmes.

« Hé, hé, hé... » dit-il inquiet, l'attirant vers lui pour un baiser. « *Perché piangi, bella* ? Pourquoi tu pleures ? »

Elle sourit, les larmes roulant de ses joues. « Ce sont des larmes de joie... Je t'assure... Je n'ai jamais été aussi heureuse de ma vie. Notre belle petite famille... et toi. Blue, je ne sais pas ce que je ferais sans toi. »

« Tu n'auras jamais à le découvrir, bébé. Je ne pourrais vivre sans toi. »

Romy pressa ses lèvres contre les siennes. « Sortons de cette baignoire et allons-nous coucher, bébé. Je veux te baiser toute la nuit. »

Pendant qu'ils se séchaient, Romy passa de la crème hydratante sur son corps. Alors qu'elle oignait son ventre, elle passa le doigt sur une cicatrice, vestige de la blessure par balle dont elle fut victime il y avait des années. Elle avait eu de la chance, la balle n'avait touché aucun organe ni artère principale, et leur fille, tout petit embryon qu'elle était à l'époque, en était aussi sortie indemne.

Blue arriva par derrière et prit sa femme dans ses bras, ce qui la fit rire, puis il l'emmena dans leur lit. Tandis qu'il se lovait sur elle, Romy le contemplant, se dit qu'elle avait tout ce qu'elle avait toujours voulu, là, et maintenant. Personne ne pouvait leur faire du mal.

ELLE DÉCOUVRIRAIT, bientôt, qu'elle avait tort.

CHAPITRE 8

Un petit garçon, âgé de tout au plus huit ans, s'arrêta devant Ebony et la fixa bouche bée. Il avait les mêmes cheveux noirs hirsutes et les mêmes yeux vert vif qu'Atlas et Ebony lui sourit. « Tu dois être Fino. »

Le petit eut un moment d'hésitation, puis sourit, du même grand sourire, amical et dévastateur que son oncle, et sans doute, son père aussi. Un instant plus tard, Ebony vit Mateo son Dada, descendre les marches du manoir Tigri pour les accueillir.

« Hé, bienvenue Ebony, enchanté de te rencontrer. »

Ebony pensa qu'il allait l'embrasser sur la joue, mais Mateo la souleva et la fit tourner en rond, ce qui la fit éclater de rire. Atlas gloussa, secouant la tête. « C'est ainsi qu'il est, il aime surprendre les gens. »

« Ebony n'est pas 'les gens', c'est la famille », reprit Mateo, reposant Ebony tout sourire. « Tu l'as dit toi-même. »

« Vraiment ? » Ebony regarda Atlas et sourit, le toucha à nouveau, même s'il l'avait dit seulement au dîner.

« C'est la dernière fois que je te confie un secret, Mateo », plaisanta Atlas alors qu'il s'amusait à boxer avec son neveu.

« Je ne l'ai jamais vu aussi content », continua Mateo en souriant.

Ebony rougit et Atlas soupira. « Mec. »

Mateo sourit, impénitent. « Désolé, frérot. Fino, viens donc embrasser Ebony. »

Ebony s'apprêtait à dire que ce n'était pas la peine, lorsque le petit garçon se jeta dans ses bras. Elle ne put s'empêcher de le serrer en retour. Elle se sentait un peu bouleversée par l'accueil chaleureux des Tigri, mais compris très vite que c'était ainsi chez les jumeaux Tigri. Leur maison, aussi chic qu'elle l'avait imaginée, était aussi un lieu chaleureux et gai. Mateo la présenta à la douce Molly, ça sautait à l'œil qu'elle adorait le père et le fils, et entretenait une relation amicale avec Atlas. Leur chef, Annalise, avait préparé un délicieux buffet pour leur déjeuner. Après avoir mangé, Atlas fit faire le tour du propriétaire à Ebony.

Il faisait un froid de canard. Ebony, couverte de son épais manteau de laine s'accroupit pour mieux apprécier le paysage, Atlas lui proposa son bras. Le paysage hivernal ressemblait au pays des merveilles – une épaisse poudre blanche recouvrait la végétation, les arbres et la clôture entourant la propriété.

« Tu as grandi ici ? »

Atlas acquiesça. « En majorité, oui. Nous passions aussi beaucoup de temps en Italie, à Padoue, où nous sommes nés. » Il lui sourit. « Je t'y emmènerai peut-être un de ces jours. »

Ebony sourit. « Une chose à la fois, Atlas, je suis toujours en train d'essayer de comprendre comment quelqu'un comme toi pourrait vouloir quelqu'un comme moi. »

Atlas fronça les sourcils. « Je ne vois pas où tu veux en venir. »

« Regarde ça », dit-elle pointant la maison et balayant d'un geste de la main la propriété toute entière. « Je ne suis qu'une enfant de Sainte-Anne. Obe et moi avons fréquenté les écoles publiques. Nous emballions nos déjeuners dans des sacs en papier craft, il nous fallait gérer trois emplois pour pouvoir payer nos études universitaires. Je suis... ordinaire, et toi, tu es... un dieu. »

Atlas gloussa, mais par son regard, il était sérieux. « Ebony, tu es tout, sauf ordinaire. Ne t'attarde pas à tout ce que tu vois, nous avons juste eu de la chance d'être nés riches. C'est vrai, Mateo et moi avons fait fortune, Mais c'est parce que nous avons su mettre à profit les moyens dont nous disposions. Crois-moi, je suis la dernière personne que tu devrais considérer comme un dieu, quoi qu'il en paraisse. J'ai mes démons. »

Ebony lui fit un signe des sourcils. « Sexy. »

Atlas rit, mais son regard était sérieux. « Ça ne fait pas longtemps que nous nous connaissons, Ebony, mais je ne te cache rien. Je veux tout savoir de toi, et il n'y a rien sur moi, ni sur ma vie, ni sur mon passé que je te cacherai. Peu importe la question que tu me poseras, je te répondrai. »

Ebony gloussa, sachant pertinemment qu'elle lui cachait quelque chose. « Hum, ok. Quand est-ce que vos parents sont-ils décédés ? »

« Notre père, quand nous étions enfants, et maman, il y a quelques années. »

Elle hocha la tête. « Et votre beau-père s'est remarié ? »

« On pense que ce fut sur un coup de tête, mais Stan nous a pratiquement élevés, alors nous le soutenons quoi qu'il arrive. »

« Et il a un fils qui est vilain comme la mort. »

Atlas sourit à moitié, mais un semblant de sérieux se lisait sur la courbure de ses lèvres. « Faut pas croire que nous n'aimons pas Cormac, mais c'est que nous n'avons rien en commun avec lui. Il n'a aucun sens de l'humour, et c'est un requin. Il est fiancé à l'héritière d'une famille new-yorkaise très, très riche, comme si, poursuivit-il d'une voix impassible, hériter des milliards de Stanley n'est pas assez. »

Ebony sarcastique, « Oh, le pauvre. »

« N'est-ce pas ? Corman cherchera toujours le moyen le plus facile et rapide de se faire de l'argent – tant que c'est légal. Je le reconnais, c'est un franc-tireur. Il ne cache pas ses ambitions. » Atlas la prit soudainement dans ses bras dans un câlin chaleureux. « Ebs, il sera là pour Noël, et je voulais te prévenir à son sujet. Il manque de tact, et il te provoquera continuellement. Je te protégerai, mais il sait être persévérant tant qu'il n'a pas obtenu ce qu'il désire. »

Elle voyait parfaitement où il voulait en venir. « Donc pour lui, je ne serai qu'une profiteuse ? »

« En effet, j'en ai bien peur. »

Ebony haussa les épaules. « Atlas, je m'en ficherais si tu étais pauvre et vivais sous un pont. Ton argent ne m'intéresse pas. »

Atlas l'arrêta et releva son menton afin de l'embrasser. « Je le sais, Ebony. » Il pressa ses lèvres contre les siennes, sa langue se baladant furtivement sur ses lèvres. « Comme tu es magnifique ! »

Ebony esquissa un sourire. « Je suis contente que tu le penses. »

Atlas gloussa, la prit par la main et ils s'éloignèrent de la maison. « Viens avec moi. »

Il l'emmena plus loin dans le parc jusqu'à une zone ombragée de la maison, et Ebony s'émerveilla lorsqu'elle réalisa qu'ils étaient dans un labyrinthe. « Wow ! C'est comme dans Harry Potter. »

Atlas sourit. « C'est ce que Fino pense aussi. Mais, ce à quoi moi je pense en ce moment est interdit aux enfants et même, pas autorisé dans les livres pour adultes de J.K. Rowling. »

« Même pour adultes ? Elle a écrit des livres après Harry ? Je crois que j'ai le cœur brisé », plaisanta Ebony et Atlas la prit dans ses bras, l'embrassa, alors que ses mains glissaient le long de son corps.

« Bonne idée la jupe, bébé. »

« Dans ce froid ? », se moqua-t-elle. « Tu m'impressionnes. »

De ses mains habiles, il fit glisser sa culotte le long de ses jambes et la laissa ainsi tomber sur ses bottes pendant qu'elle ouvrait sa braguette. Atlas sortit un préservatif de sa poche arrière et Ebony sourit. « Tu avais donc tout planifié ? »

« Oh, que oui... Ebony dans la neige... Bon sang, j'en ai rêvé. »

Elle libéra sa bite de ses sous-vêtements, et il émit un juron à cause du froid, ce qui la fit rire énormément. En quelque temps, il fut à l'intérieur d'elle, la soutenant, alors qu'ils baisaient adossés à l'épaisse haie du labyrinthe. Ce n'était pas très confortable ; et comme ils accéléraient avec les va-et-vient, Atlas vacilla et ils tombèrent dans la neige, tous deux éclatèrent d'un fou rire. « Merde », dit Atlas en secouant la tête, « et moi qui trouvait ce moment si érotique. »

Ebony riait au point d'en avoir les larmes aux yeux, pendant qu'il l'aidait à se relever. « Ça valait le coup d'essayer », dit-elle en l'aidant à refermer sa braguette. « Je me rattraperai ce soir. »

« Oui, j'y compte bien », dit-il d'un air comique en la regardant, et elle rigola.

« Tu es si coquin pour un homme d'affaires milliardaire. N'êtes-vous pas tous censés être arrogants et distants ? »

Atlas haussa les épaules. « C'est trop me demander. Mateo encore, il peut le faire dans une certaine mesure, il est meilleur acteur que moi. »

« Tu es le plus doux de vous deux ? »

Il prit sa main tout en considérant sa question. « Ça dépend. Mateo se met facilement en colère, alors que moi je supporte beaucoup jusqu'à ce que je n'en puisse plus, et alors quand j'explose, c'est pas vraiment différent d'Armageddon. »

Ebony l'étudia un court instant. « Difficile à imaginer. »

« J'ai perdu mon sang-froid au travail l'autre jour », admit-il. « Un homme s'est pointé à l'hôpital après avoir battu et poignardé son épouse, qui a rendu l'âme sur la table d'opération de Romy. Si elle n'avait pas été là pour me retenir... »

Elle l'embrassa tendrement. « Il y a des endroits et des moments comme celui-là où il faut perdre son sang-froid. »

« Ça me réjouit que tu me comprennes. » Il lui sourit et tourna ses hanches, s'amusant une fois de plus en la replongeant dans la neige et en l'embrassant encore et encore, leurs rires résonnant dans la vaste propriété.

Le reste de la journée passa vite, Ebony joua avec Fino qu'elle aimait énormément, et plaisanta avec les jumeaux Tigri. Quand vint le moment pour Atlas et elle de repartir pour la ville, Mateo l'embrassa.

« Seras-tu des nôtres dans deux jours pour Noël ? »

Ebony hocha la tête en l'embrassant sur la joue. « Je serai là, merci, Mateo. Merci de m'avoir fait me sentir à la maison. »

« Tout le plaisir est pour moi, chérie. » Il fit un clin d'œil à son frère. « J'ai toujours dit que mon frère avait bon goût. Tu feras aussi ample connaissance avec ma Molly. Je pari que vous allez bien vous entendre. »

Fino s'accrocha à elle et Ebony ressentit quelque chose tressaillir en elle. Etait-ce ce que cela faisait d'avoir un enfant ? Cette joie, ce merveilleux sentiment ? « Reviens vite », dit Fino, et Ebony lui sourit.

« Comment puis-je résister à une telle demande ? Au revoir, Fino, la prochaine fois qu'on se voit, tu devras m'apprendre à jouer aux échecs. »

Mateo toussa quelque chose qui sonna comme « intello », Fino le regarda et sourit.

Dans la voiture, Atlas regarda Ebony. Elle était toute souriante. « As-tu aimé ma famille, bébé ? »

Elle hocha la tête. « Beaucoup, Atlas. Mateo et Fino ont une relation père et fils fusionnelle. »

« Ah ça, oui. Il n'y a pas eu plus surpris que moi quand Mateo est devenu père. Il m'a étonné. Entre nous deux, c'est lui qui a toujours été le playboy, imprudent et parfois irresponsable, mais quand Fino est arrivé, mon frère s'est métamorphosé quasi-instantanément. Il est incroyable. »

Atlas sourit à Ebony mais fut surpris de voir des yeux larmoyants. « Hé, hé, hé, hé... »

Ebony à moitié courbée, émit un petit rire tout en s'essuyant les yeux. « Ça va, c'est tellement émouvant. Et Fino est un petit garçon formidable. »

« En effet, il l'est. » Atlas lui caressa la joue. « Et toi, qu'en penses-tu ? Tu veux des enfants ? » demanda-t-il.

Il fut surpris par sa courte hésitation, vu qu'elle avait semblé bien s'entendre avec Fino. « Avec le temps, oui. Et je veux la garantie qu'il ou elle sera exactement comme Fino. » Ebony rougit. « Je veux dire... je ne t'oblige pas... oh, mon Dieu, qu'est-ce-que je raconte ? »

Atlas lui sourit. « Non, ce n'est rien. Je sais déjà que j'adorerais avoir des enfants avec toi. Ça te fait peur ? »

Ebony émit un rire étrange, on aurait dit un sanglot. « Un peu. »

« De toute évidence, nous n'en sommes pas encore là », dit Atlas d'un ton léger, essayant d'apaiser cette soudaine gêne qui s'installa entre eux, « ce n'est qu'un détail. »

Ebony garda le silence tout le reste du voyage et Atlas se demandait s'il ne lui avait pas fait peur. « Ebony », dit-il, alors qu'ils prenaient l'ascenseur pour se rendre à son appartement. « Je voulais tout simplement dire, que... »

« Ça suffit », l'interrompit Ebony, mettant sa main sur son visage. « J'ai bien compris ce que tu voulais dire, et je ressens la même chose. Mais nous n'en sommes encore qu'au tout début. »

Atlas sourit d'un air triste. « Tu découvres un de mes nombreux défauts – je suis surexcité, et je vois tout en grand. Je suis simplement heureux qu'on se soit rencontrés. »

Ebony lui sourit. « Moi aussi, Atlas. »

Ils causèrent toute la nuit sur le sofa, blottis dans les bras de l'un et l'autre, jusqu'à ce que Atlas la porte au lit.

Leurs ébats furent tendres et lents cette fois-ci, la grosse et longuequeue d'Atlas s'enfonçant par coups mesurés pendant qu'ils s'embrassaient et se caressaient l'un et l'autre. Atlas admirait le corps séduisant d'Ebony frémissant sous lui, sa peau moite brillante, ses seins pleins et charnus, son ventre de déesse qui ondulaient dans leurs mouvements. Atlas adorait le sentiment que lui procurait sa queue plongée au fond de sa chatte veloutée. Ses muscles vaginaux se contractaient autour de lui, le pompant, le massant jusqu'à ce qu'il lui injecte profondément son sperme dans le ventre.

« Mon Dieu ! Que c'est bon », dit-il dans ce moment de jouissance en haletant, tremblant et gémissant, admirant la façon dont son dos était arcbouté et ses cuisses serrées autour de sa taille. Ils s'emboîtaient si parfaitement.

Ils s'endormirent enlacés dans les bras l'un de l'autre, mais au petit matin, Atlas se réveilla brusquement. Ebony n'était plus à ses côtés, il s'assit et écouta. De la salle de bain, il percevait les échos de violents vomissements et immédiatement il y accourut tout inquiet. « Ebs ? »

Ne recevant aucune réponse, il cogna doucement à la porte des toilettes. « Ebony ? Tout va bien ? »

Le même son désagréable reprit. « Je vais entrer. »

« Non, c'est... » Mais elle se mit encore à vomir et ne put terminer sa phrase. Atlas poussa la porte, heureusement qu'elle n'était pas fermée à clé, et s'accroupit près d'elle alors qu'elle avait la tête au-dessus des toilettes. Attrapant un gant de toilette, il le mouilla avec de l'eau froide, et lui essuya tendrement le visage lorsqu'elle releva sa face pour prendre de l'air.

« Est-ce que ça va ? » demanda-t-il tout inquiet face à son visage pâle, gris et transpirant.

« Oui, je suis désolée, Atlas. Je me suis réveillée avec une forte nausée. »

« Tu n'as pas à t'excuser pour ça. » Il lissa ses cheveux humides en arrière, s'attardant sur sa peau rougeoyante.

« Ça », s'adressant à elle-même, « c'est tout sauf sexy ».

Atlas roula les yeux. « Tu es sérieuse là ? Voudrais-tu que j'appelle un médecin ? »

Ebony secoua la tête en signe de désapprobation. « Non, merci. Ça va passer – ce n'est rien de plus qu'un malaise. »

Atlas fronça les sourcils. « Je l'espère, bébé. Retournons au lit, je dois avoir du Pepto quelque part. »

PLUS TARD, de retour au lit, Ebony fit semblant de s'endormir, et quand elle se rendit compte qu'Atlas s'était rendormi, elle ouvrit ses yeux. *Tu ne peux continuer à remettre à plus tard*, pensa-t-elle, *si tu veux un avenir avec cet homme, tu lui dois la vérité. Tu es enceinte, et ça ne disparaîtra pas comme par magie. Consulte un médecin. Vois quelqu'un. Décide-toi.*

L'idée de se faire avorter la répugnait, même si elle soutenait le droit de choisir ; en même temps, comment allait-elle dire à cet homme merveilleux qu'elle portait l'enfant d'un autre homme ? Que penserait-il d'elle s'il connaissait les circonstances dans lesquelles elle avait conçu ? La considèrerait-il comme une pute ?

Espèce d'idiote, stupide que tu sois, se réprimandait-elle, et bientôt, ses yeux s'embuèrent de larmes. *Non. Je ne m'apitoierai pas sur mon sort. Demain matin, j'appellerai Romy pour lui demander son aide et ses conseils.*

Cette décision prise, elle retrouva la chaleur du corps d'Atlas, se blottit de nouveau dans ses bras et finit par s'endormir.

CHAPITRE 9

Romy retira ses gants de latex et tapota l'épaule d'Ebony. « Deux à trois semaines à peu près, je dirais. Tu peux t'habiller maintenant, chérie. »

Pendant qu'Ebony s'habillait, Romy s'assit. Ebony l'avait appelée ce matin-là et avait demandé à la voir en privé. Romy l'avait invitée chez elle, et maintenant, Ebony lui souriait, reconnaissante.

« Merci pour ton aide, Romy. Je ne voulais pas te déranger, mais il fallait vraiment que je t'en parle. »

« Et comment ! » Romy lui sourit chaleureusement. « Écoute, ça doit être une période compliquée à cause de cette histoire avec Atlas, et je comprends pourquoi tu hésites à lui dire. Cela dit, Atlas est loin d'être le milliardaire inconscient que tu pourrais penser. Il sait que des choses imprévues et désagréables peuvent nous arriver et souvent, contrairement aux règles préétablies. C'est la vie. »

« Alors, tu penses que je devrais lui dire ? »

« Ce n'est pas ma décision, mais j'ai toujours pensé que l'honnêteté était la meilleure chose dans ce genre de situation ? La grande question est de savoir si tu veux garder le bébé, Ebony. »

Ebony soupira et sirota le thé décaféiné que Romy avait placé devant elle. « C'est justement ça. Je ne sais pas, je ne sais pas. Ma tête me dit non, mais l'idée de m'en débarrasser... Je ne sais pas. Et je n'ai aucun moyen de contacter le père, je n'ai même pas vu son visage. »

Elle sentit son visage rougir de plus en plus et détourna son regard de Romy, qui se pencha pour lui caresser la main. « Tu sais quoi ? Blue et moi sommes déjà allés dans un de ces clubs, juste pour découvrir. Il n'y a pas de quoi avoir honte. »

« À moins que tu ne sois accidentellement tombée enceinte. »

« Ce qui me rappelle qu'il y a d'autres choses qu'il faut prendre en compte. Il va falloir faire des tests sanguins. »

Ebony ferma les yeux. « Je n'ai même pas pensé aux MST ou pire. »

« Je suis sûre que tu vas bien, mais on doit s'en assurer. »

« Mon Dieu. »

Romy se leva et vint la prendre dans ses bras. « Chérie, écoute. Tout est sous contrôle. Toi et Atlas vous vous protégez, n'est-ce pas ? »

Ebony hocha la tête. « Bien sûr ! »

« Alors, arrête de t'inquiéter. Fais les choses au fur et à mesure ; mais moi je parlerais à Atlas au mions. Pour que ce ne soit plus un secret. »

Ebony sourit à l'autre femme avec gratitude. « Tu es si géniale, Romy. Vous toutes d'ailleurs, les femmes Sasse, je vous adore toutes. »

« Tu fais partie de notre famille, Ebs », dit Romy en haussant les épaules. « C'est ce que nous faisons. On prend soin les unes des autres. »

EBONY PENSAIT ENCORE à ce que Romy lui disait deux jours plutôt alors qu'elle et Atlas se rendaient en voiture au manoir pour célébrer Noël avec tout le monde. Ebony était un peu nerveuse – Juno et Obe avaient appelé pour dire qu'ils ne pourraient finalement plus se rendre à Seattle et donc, Ebony sentait qu'un de ses soutiens avait disparu. *Ça ira, Romy sera là,* se dit-elle. Ils furent les premiers à arriver et Fino emmena immédiatement Ebony voir ses cadeaux. Elle était assise par terre avec lui, jouant à un jeu lorsqu'elle entendit la voix d'une fille l'appeler. « Fino ? »

« Bella ! » Fino se leva et sortit de la pièce. Puis, réapparut quelques instants plus tard avec une jeune femme, un peu plus jeune qu'Ebony, aux longs cheveux roux et au sourire timide. « Ebony, voici Bella. »

Ebony se leva et serra la main de la jeune fille. Bella lui sourit. « Atlas a chanté tes louanges, dit-elle d'une voix douce, surtout à propos de ta façon de chanter. »

Ebony rit. « Il exagère un peu. C'est un plaisir de te rencontrer. »

« Toi aussi. » Ils entendirent tous deux une voix plus perçante à l'extérieur, suivie d'un ricanement masculin plus doux et d'un son mélodique grave puis, deux autres personnes entrèrent dans la pièce. L'homme, dans la soixantaine, avait un sourire chaleureux et de grands yeux marron et expressifs derrière des lunettes. Sa barbe et ses cheveux bruns avaient des taches blanches. Il se présenta à Ebony. « Stanley Duggan, ma chère ! Et voici ma femme, Vida ! »

Vida Duggan était exactement comme Atlas l'avait décrite – une reine de beauté fanée, aux cheveux rubis foncé et aux yeux argentés et aiguisés, qui sillonnait la pièce en toisant Ebony comme pour l'évaluer.

« Bonjour, ma chère ! Nous avons beaucoup entendu parler de vous. Vous pourrez certainement aider Bella dans le chant. »

Bella roula des yeux. « *Maman* ! »

Ebony sourit à Bella. « Je serais heureuse de t'aider du mieux possible. »

« Tu vois, Bella ? À cheval donné, on ne regarde pas les dents. Bonjour, mon cher Fino. »

Fino fit à Vida un grand sourire peu sincère qui faillit faire éclater de rire Ebony. Au lieu de cela, elle dissimula un sourire qui attira l'attention de Stanley. Lui aussi avait l'air amusé et Ebony eut l'impression que tous deux avaient partagé une blague en privée. Stanley connaissait clairement sa femme et savait de quoi elle était capable. Cela suscita une certaine sympathie de la part d'Ebony pour lui, bien qu'elle ne comprît pas pourquoi un homme aussi gentil avait épousé une telle harpie.

Atlas revint avec un plateau de boissons pour tout le monde, suivi d'un Mateo un peu irrité, et d'un grand homme aux cheveux noir foncé et au visage pierreux. Clairement, c'était l'Ange de la mort.

Ravalant un éclat de rire en pensant à ce surnom, Ebony l'entendit dire quelque chose à propos de Harvard à Mateo. Et Mateo, ses yeux verts clignotant, soupirait d'irritation. « Il a sept ans, Cormac. Je pense qu'on a tout le temps avant de penser à la fac. »

« Je dis juste qu'il n'est jamais trop tôt pour le préparer à la rigueur de la vie universitaire. »

« Je ne sais même pas s'il aura envie d'aller à l'université, Cormac. Fino trouvera son propre chemin. »

Cormac ouvrit la bouche pour continuer à parler, mais Atlas l'interrompit, probablement dans l'espoir d'éviter une vraie dispute. « Cormac, voici mon Ebony. Ebony, Cormac Duggan. »

Le fait de la présenter en disant « mon » eut l'effet d'un choc électrique qui la remplit de chaleur et de joie. Elle n'avait jamais ressenti l'envie d'être possédée, mais il semblait qu'elle adorait ça.

« Enchanté de vous rencontrer. » Ebony s'avança en tendant la main. Cormac Duggan la regarda mais ne tenta pas de la lui prendre ; après un battement, Ebony, laissa tomber la sienne, rougissant de confusion et jetant un coup d'œil vers Atlas.

Cormac revint à lui. « Je suis désolé, oui, bonjour. Vous êtes la chanteuse ? » Il lui tendit la main et prit la sienne, la tenant pendant longtemps. Ebony lui retira sa main doucement, ne voulant pas le blesser.

« Je suis chanteuse, oui. »

« Plus qu'une simple chanteuse, Cormac. » Maintenant c'était au tour d'Atlas d'avoir l'air irrité. « Une chanteuse qu'on ne rencontre qu'une fois dans sa vie. Stanley... Je tiens ici ta prochaine superstar... si tu peux repousser Quartet, bien sûr ! Ebony, Roman Ford m'a appelé hier, se demandant pourquoi tu ne l'as pas appelé. » Atlas sourit. « J'en ai assumé la responsabilité, en lui disant que j'avais monopolisé ton attention et ton temps, plutôt égoïstement. »

« Ma chère ! » Stanley posa la main sur le bras d'Ebony, « si Quartet vous propose un contrat, prenez-le sans hésiter. Autrement, je serais ravi de vous aider. La vérité c'est que je prends ma retraite. J'ai fait mon temps, et maintenant je veux juste profiter de la vie. »

Vida regarda vivement son mari. « Et la carrière de *Bella* ? »

Mateo marmonna, « Seigneur, pas encore ! » et accrocha son bras sur les épaules de Bella. « Bells, que dirais-tu d'aller voir ce qu'il y a à manger ? À propos... Joyeux Noël tout le monde ! »

L'atmosphère dans la pièce changea, car ils se rappelaient tous, d'un seul coup, pourquoi ils étaient tous réunis là. Au fur et à mesure que d'autres invités arrivaient, Romy, Blue et leurs enfants inclus, la maison se remplissait de rires et de conversations. Lorsqu'ils s'assirent tous pour le magnifique dîner, Ebony se sentit plus détendue. Atlas était assis à côté d'elle et Blue de l'autre côté.

Atlas se pencha pour embrasser sa joue. « Je pense que Cormac a le béguin pour toi. C'est assez drôle. »

Ebony jeta un coup d'œil sur l'homme et rougit quand elle le vit la regarder fixement. Honnêtement, elle ne trouva pas ça drôle. Il y avait quelque chose en lui qui était étrangement troublant. À côté de lui, sa fiancée, Lydia Van Pelt, discutait avec Vida et Ebony les entendit essayer de se vanter en parlant de vêtements de marque qui leur avaient été offerts. Mateo, placé à gauche de Vida, aperçut le regard d'Ebony et roula des yeux. Elle lui sourit.

« D'où viens-tu, Ebony ? » La voix puissante de Cormac coupa à travers toutes les conversations de table, faisant taire tout le monde. Ebony s'empourpra.

« Je viens d'ici en fait, dit-elle. Je suis une fille de Seattle, mais je vis à la Nouvelle-Orléans depuis quelques années. Mon frère est professeur de danse là-bas. »

« Alors, tu es revenue pour Atlas ? »

Ebony chercha du regard son amant qui était parti il y a un moment. « Je suis revenue à cause de la collecte de fonds pour le Foyer », dit-elle lentement ; puis fermement, « je suis restée pour Atlas ! »

Atlas lui caressa la joue. « Je suis très content que tu l'aies fait, bébé. »

« Comme par hasard », dit Cormac dont le sourire en coin était révélateur. Ebony, au lieu de se sentir offensée, le fixa d'un air furieux.

Oh, je ne t'aime pas, pensa Ebony. Elle lui fit exactement le même sourire hypocrite qu'il lui avait donné. Mateo fit un clin d'œil et lui dit : « Ignore-le ». Atlas lui pris la main et elle vit Romy regarder Cormac avec fureur. *Je suis entre amis,* pensa-t-elle, ce qui la détendit. Elle regarda Atlas. « Chéri... plus tard. J'ai besoin de te parler de quelque chose. Quelque chose d'important dont j'aurais dû te parler avant. »

« Bien sûr, ma chérie. » Atlas semblait curieux mais ce n'était pas de l'inquiétude. « Est-ce que ça va ? »

Ebony sourit soudain, paisible. « Tout va très bien. »

APRÈS LE REPAS, Molly arriva à la suite du déjeuner avec sa propre famille. Tout de suite, Ebony put percevoir l'amour qu'il y avait entre elle et Mateo. Elle et Ebony s'entendirent immédiatement, discutant avec facilité pendant que les jumeaux les emmenaient tous faire une promenade à travers le terrain enneigé. Et, alors que le soir commençait à tomber, des milliers de lumières blanches se mirent à scintiller, rendant la promenade encore plus magique.

Mateo et Molly se promenaient, bras dessus bras dessous, mais Atlas arrêta Ebony et l'embrassa tendrement et avec passion. « Ma chérie, merci d'avoir passé Noël à mes côtés. »

« MERCI DE M'AVOIR INVITÉE. » Elle caressa les boucles de ses cheveux sombres en le regardant. Ces quelques jours avaient été bien remplis.

« De quoi voulais-tu me parler ? »

Ebony respirait profondément. « Atlas... une semaine ou deux avant de venir à Seattle, j'ai eu une aventure d'un soir. C'était... une erreur, mais c'est arrivé. Et il y a quelques jours, j'ai découvert... » Mon Dieu, pourrait-elle vraiment prononcer ces mots ? Elle avait l'estomac douloureusement noué. « Je suis enceinte. »

Et voilà, elle l'avait dit. Atlas s'arrêta. « Oh ! »

« Ouais. Écoute, je n'ai encore rien décidé pour la suite. Mais je voulais que tu le saches avant que les choses aillent plus loin entre nous. Je te le devais. »

Atlas ne montrait aucune émotion et Ebony le scrutait, le cœur battant. « J'ai tout gâché, n'est-ce pas ? »

Atlas secoua la tête. « Non, non, non, je suis juste un peu... surpris. » Il esquissa un petit rire. « Bon... d'accord ! » Il devint pâle, visiblement plongé dans ses pensées et Ebony attendait. Il lui tenait encore la main, *ce qui était un bon signe*, pensa-t-elle pour garder espoir.

Atlas pris une grande inspiration. « Réfléchissons. As-tu informé le père ? »

« Non. » Ebony secoua la tête. « Atlas, j'ai honte de le dire, mais honnêtement, je n'ai aucune idée de qui il est. Notre rencontre... c'était, en quelque sorte, dans un club spécialisé. »

Pendant un moment, Atlas avait l'air confus. Et puis, « Ah. »

La peur, ainsi qu'une pointe de désespoir l'envahissaient. « Atlas, je te jure que je ne suis pas une trainée. »

Atlas avait l'air étonné. « Ebs, je n'aurais jamais pensé ça de ma vie, et tu ne devrais jamais te voir de cette façon-là. Tu crois que je ne suis jamais allé dans un sexe club avant ? »

Elle se sentit soudain soulagée. « Il n'y a aucune chance que tu y sois allé il y a deux semaines, n'est-ce pas ? » Ebony essaya de plaisanter, mais Atlas sourit juste.

« Non, mais à présent, j'aurais vraiment aimé y être. » Il la prit dans ses bras. « Maintenant, la première chose est de savoir si tu veux garder l'enfant. Ensuite, nous partirons de là. Ebony, je veux maintenant voir ce qui nous attend et si on peut faire en sorte que ça marche. Si tu veux garder le bébé, je serai là pour te soutenir. »

« C'est trop te demander. » Ebony secoua la tête. « C'est trop ! On ne se connaît que depuis une semaine. »

Son regard, fixé sur le sien, ne faiblit pas d'intensité. « Je sais. » Sa voix était douce, « Et déjà, je suis perdu, Ebony. Je suis perdu. »

Les yeux d'Ebony se remplirent de larmes en écoutant sa voix pleine d'amour. « Je le suis autant que toi », chuchota-t-elle, puis ses lèvres se collèrent aux siennes ; elle l'embrassa alors que de chaudes larmes coulaient sur ses joues.

Atlas posa une main sur son ventre, comme le protégeant et cela la fit de nouveau pleurer. « Voyons où ça nous mène ! » dit-il. « Voyons si on peut y arriver. »

Ebony ferma les yeux, son esprit tourbillonnait. Est-ce qu'il se proposait vraiment d'être le père de son enfant ? Même s'il n'était pas le sien ? Elle était déconcertée par la tournure qu'avait prise la conversation, comme si elle lui avait échappée, sans vraiment résoudre le problème, du moins, pas complètement.

Pour l'instant, elle se contenterait de ses baisers, sa promesse, et profiterait du reste de la soirée de Noël.

AU LIT CETTE NUIT-LÀ, ils firent l'amour dans le calme de la maison qui dormait. Ebony sourit à Atlas pendant qu'il la pénétrait avec des poussées mesurées, réalisant qu'elle était en train de tomber amoureuse de lui. Comment en aurait-il été autrement ? Il était tout ce qu'une femme pouvait rêver, la perfection même. Pouvait-elle se tromper ?

Je ne sais pas, pensa-t-elle, *mais pour l'instant, il est parfait pour moi. Serons-nous heureux ?* Elle imaginait différents scénarios sans pour autant trouver de réponse. Comme il dormait dans ses bras, elle le regarda, et su qu'elle voulait tenter le coup, et ce n'était pas tout.

Elle ne savait pas exactement à quel moment elle avait pris cette décision, mais quoi qu'il en soit, elle savait que c'était le bon choix.

Elle garderait le bébé.

CHAPITRE 10

L e matin, elle se réveilla en entendant des voix et des cris s'élever du rez-de-chaussée. La place du lit à côté d'elle était vide ; elle mit son peignoir et descendit.

« Espèce d'*enculé* », un des jumeaux criait. « Tu n'as aucun sens de la famille et de la loyauté. »

« Mateo », la voix retentissante de Cormac résonnait dans toute la maison : « Pour qui te prends-tu pour me donner des leçons de morale sur ma vie sexuelle ? *Toi*, plus que quiconque. Atlas et toi n'êtes ni l'un ni l'autre des enfants de chœur lorsqu'il s'agit de femmes. Parce que vous-vous êtes mis en couple, vous voulez me dire que vous êtes tout d'un coup devenus fidèles ? Allez... »

« Dit l'homme qui s'est fiancé par intérêt, pour l'argent et rien d'autre. Lydia sait-elle que c'est pour ça que tu l'as demandée en mariage ? »

« Pourquoi tu ne lui demandes pas directement ? Tu as l'air d'avoir une idée assez claire de ce qu'elle veut. »

« C'était il y a six ans, et nous nous sommes séparés en bons termes. » Mateo grognait quasiment. « Je ne veux pas la voir souffrir. »

« Ou peut-être y a-t-il des choses inachevées entre vous ? »

« J'aime *Molly*. » Mateo avait maintenant l'air furieux et Ebony frissonnait au son de sa voix glaciale.

« Oh oui, monsieur le professeur. Toi et ton frère avez vraiment visé le sommet avec vos copines. Un professeur et une chanteuse prostituée. »

« Espèce d'enculé ! » Ebony entendit des meubles s'écraser et réalisa que Mateo se battait contre Cormac. « Comment oses-tu traiter Ebony de pute ? Et je t'interdis de dénigrer Molly, connard ! »

Sentant qu'elle se devait de faire quelque chose avant que quelqu'un ne soit blessé, elle se précipita dans la salle du petit-déjeuner pour trouver les deux hommes qui s'empoignaient l'un et l'autre au sol. « Arrêtez ! »

Les deux hommes s'arrêtèrent net, puis Ebony entendit des pas derrière elle. « Qu'est-ce qui se passe, bordel ? »

Atlas contourna Ebony, non sans lui toucher la joue, puis tira son frère de Cormac qui se tint debout en souriant.

Mateo était toujours furieux. « Atlas, fais disparaître ce salaud de ma vue avant que je ne perde complètement le contrôle. S'il te plaît. »

Cormac leva les mains. « Je m'en vais, ne t'inquiète pas. Une minute de plus dans cette maison à jouer à cette mascarade familiale me rendrait malade. »

En quittant la pièce, il s'arrêta devant Ebony, qui se recroquevilla pendant qu'il regardait son corps de haut en bas à tel point qu'elle se sentit nue et violée. Cormac sourit à son malaise évident et quitta la pièce.

Mateo passa une main dans les boucles de ses cheveux sombres. « Je suis désolé, Ebony, Atlas. Je suis désolé de m'être emporté. »

« Il essaye de te pousser à bout depuis hier », dit Atlas, la main sur l'épaule de son frère.

« Et il a réussi son coup. *Putain*. » Mateo regarda Ebony. « Ça va, ma chérie ? Que ce qu'il a dit ne t'affecte pas. Nous savons tous que ce n'est pas vrai. »

Ebony lui sourit. « Merci de m'avoir défendue, Mateo. »

« Je suis là pour ça ma belle. » Mateo regarda son frère. « Ce Cormac est nocif. Il ruinera la vie de Lydia si on le laisse faire. »

« Cela ne nous concerne pas, Mateo. Lydia est bien consciente de qui est Cormac. »

CETTE NUIT-LÀ, Atlas retourna avec Ebony à son appartement en ville. « Malheureusement, je travaille demain. Et toi, qu'est-ce que tu fais ? »

« Juno et Obe arrivent, j'irai donc probablement les accueillir », lui dit Ebony, en lui caressant ses cheveux sombres derrière l'oreille.

« À temps pour les fêtes du Nouvel An. »

« En effet. »

« Cormac n'est pas convié. »

« C'est une bonne chose. »

Atlas la regarda. « C'est un amour, hein ? »

« Oh, oui ! » dit Ebony d'un ton sec, « une vraie saloperie enrobée de chocolat. Dégoûtant ! »

Atlas rit. « Il serait pourtant une bonne prise. »

Ebony tira la langue. « Beurk ! Où ça ? Dans un asile psychiatrique ? Ou dans une maison pleine d'abrutis arrogants ? »

« Tu sais maintenant de quoi il est capable. » Son sourire s'estompa. « Bien que j'aimerais que Mateo ne fasse pas attention à lui, Cormac trouve toujours le moyen de l'énerver. Cormac déteste le fait que Mateo ait couché avec Lydia en premier, même si ça date d'il y a six ans. Je ne pense pas qu'il veuille l'épouser uniquement pour son argent, c'est aussi pour contrarier Mateo. Et maintenant, ça l'horripile que Mateo qui est amoureux de Molly se fiche qu'il couche avec Lydia. »

« La vie amoureuse des gens riches et célèbres », soupira Ebony, ce qui fit rire Atlas.

« Je t'assure, Cormac déteste Mateo, et quelquefois, juste quelquefois, ça me fait flipper. »

Ebony secoua la tête. « Cormac est le prototype même du lâche, si tu veux mon avis. Que de fanfaronnades ! Je me demande comment il peut être le fils de Stanley. »

« Tu trouves aussi ? Stanley t'a plu, hein ? »

« Il a été adorable, et Bella aussi. Vida... ouais, je pense qu'il serait beaucoup plus heureux sans elle. »

Atlas lui sourit. « Je vous adore, Mademoiselle Verlaine. »

« Je te reviens tout de suite, mon étalon ! » Elle serra sa bite à travers son pantalon. « Oh, quelqu'un a du mal à rester en place. »

Ils plaisantèrent et rirent jusqu'à son appartement, mais une fois à l'intérieur, ils se déshabillèrent l'un et l'autre avant même d'atteindre la chambre.

Pendant qu'ils faisaient l'amour, Ebony remarqua qu'il était encore plus attentionné avec elle et réalisa que c'était à cause du bébé. Cela lui fit chaud au cœur... Quel genre d'homme prendrait autant soin d'un enfant qui n'est pas le sien ?

« Je suis folle de toi », lui dit-elle, « tellement, tellement folle. »

Atlas sourit. « Je pensais vraiment ce que je t'ai dit. Ebony, c'est toi et moi maintenant, n'est-ce pas ? »

Elle hocha la tête. « Toi et moi, quoi qu'il arrive. »

Et ils firent l'amour jusque tard dans la nuit.

À l'autre bout de la ville, un autre couple faisait l'amour, s'embrassait et discutait. Blue passait ses mains sur le corps de sa femme pour la caresser. « Es-tu excitée pour demain, bébé ? »

Le lendemain, c'était le jour où la transplantation était prévue. Romy et Blue, comme tous les chirurgiens concernés, en étaient excités. « J'ai quelqu'un pour me remplacer au Foyer pendant 24 heures, je suis donc à ton entière disposition. »

Elle lisait, encore et encore, des informations sur le patient jusqu'à ce qu'elle sache tout par cœur. Alors, Blue lui sourit. « Laisse-moi te dire que j'ai hâte d'être de nouveau dans une salle d'opération avec toi. »

Romy lui sourit en lui caressant le visage. « Moi aussi... Ça me manque. »

« Nous formons une équipe incroyable. L'idée de quitter Rainier Hope et pour venir travailler au Foyer m'a souvent traversée l'esprit, juste pour pouvoir travailler avec toi à plein temps. »

« N'y compte même pas ! » dit Romy en riant, « Seattle n'a jamais eu de chirurgien en chef de ta trempe. »

« Ne le dis surtout pas à Beau, mais merci. »

Romy soupira, haleta, foudroyée par l'orgasme ; et Blue laissa tomber son visage dans son cou, avant de jouir en frissonnant. « Mon Dieu, Romy, ce que tu me fais... Je ne m'en lasserai jamais. »

« Je t'aime, Blue. »

« Je t'aime aussi, bébé. »

DANS UN AUTRE quartier de la ville, un homme, dans la solitude, se sentait rejeté. Carson Franks était assis dans son appartement du dernier étage. Il regardait la vidéo de son mariage avec Kiersten, il y avait bien des années, avant qu'elle ne l'oblige à la punir pour sa désobéissance, ayant essayé de le quitter. Il se souvenait encore du moment où il lui avait enfoncé ce couteau, de son choc, de sa douleur, de ses supplications, et du plaisir qu'il en avait tiré, ce fut jouissif.

Il regrettait seulement de n'avoir pas pu la tuer d'un seul coup. Il pensait qu'elle était déjà morte quand il avait jeté son corps dans le caniveau où, comme il le pensait, était sa place. Mais, il aurait dû s'en assurer.

Maintenant, ce bâtard de milliardaire philanthrope et sa putain de chirurgien allaient témoigner contre lui au tribunal, et même les avocats coûteux de son père ne seraient pas en mesure de lui éviter une condamnation à mort.

Il n'avait donc plus que deux options. Le suicide... ou l'élimination des témoins. C'était une décision facile à prendre. Du doigt, il pointa le couteau dans sa main, puis sourit à lui-même.

D'ici la fin de la semaine, avant la fin de l'année, Atlas Tigri et le Dr Romy Sasse seraient morts... et il serait un homme libre.

CHAPITRE 11

C ormac Duggan balança sa jambe sur le bord du lit et se dirigea vers la salle de bain. Il entendit Lydia l'appeler, mais l'ignora et passa sous le jet d'eau chaude. Tout son corps était encore tendu après son combat avec Mateo.

Pour autant qu'il s'en souvienne, Mateo Tigri et lui se détestaient. Le plus instable des jumeaux Tigri, était un playboy trop important pour être respecté par Cormac et même son métier bien choisi d'importer du vin n'était, pour Cormac, rien de plus qu'une façade pour une vie de farniente et de frivolité.

La seule chose que Mateo ait jamais bien faite était d'améliorer son apparence. Il se détestait d'aimer le garçon, malgré la haine de son père, mais Fino était un enfant spécial, et Cormac était envieux du lien qui s'était formé entre le père et le fils.

Parce que Cormac n'aurait jamais cela. Il y avait un an, lors d'un examen de routine, Cormac avait demandé au médecin de vérifier le nombre de ses spermatozoïdes.

« Lydia et moi voulons essayer d'avoir des enfants dès que nous serons mariés. »

Il ne s'était pas attendu à ce que le médecin l'appelle et lui dise qu'il était désolé, mais il s'était avéré que le nombre insuffisant de spermatozoïdes était alarmant. « Refais le test », lui avait-il ordonné, et le médecin s'y était conformé mais le résultat était resté le même.

« J'ai bien peur qu'il soit très improbable que vous ayez des enfants naturellement, M. Duggan, mais n'abandonnez pas votre espoir. Un faible nombre de spermatozoïdes n'est pas la même chose que l'absence de spermatozoïdes. »

Depuis lors, le ressentiment et la colère avaient grandis en lui et le fait de voir Fino à Noël n'avait fait qu'augmenter ce ressentiment, cette haine envers Mateo. Cormac voulait des enfants plus que tout, même plus que de l'argent. Il s'était accroché à ce souhait, sachant que c'était la seule chose qui l'avait empêché de devenir un abruti complet.

Cormac ferma les yeux, essayant de se calmer. Il entendit la porte de la douche s'ouvrir et sentit les bras minces de Lydia s'enrouler autour de lui. Il y eut un éclair d'irritation, mais celui-ci disparut rapidement. Aucune des rancœurs envers Mateo n'était la faute de Lydia. Il se tourna et lui sourit.

« Bonjour. »

Lydia, ses yeux gris brillant vers lui, était plus mince que les femmes qu'il fréquentait habituellement, construite pour défiler sur un podium plutôt que pour autre chose, bien qu'elle n'ait pas besoin de travailler pour vivre. Les Van Pelt étaient à égalité avec les Rockefeller et Vanderbilt du monde entier, et Lydia, tout en maintenant la façade d'un éditeur de mode, était une référence de la scène mondaine. Elle détestait Seattle ; elle trouvait ça trop tolérant et décontracté pour ses gouts raffinés. Cormac devait être d'accord. La seule raison pour laquelle il avait accepté de revenir pour Noël était de faire bisquer Mateo, maintenant que lui, Cormac était avec Lydia. Il devait avouer que ça avait eu de l'effet., mais pour une chose. Il repensa à cette chose et sourit.

Lydia, confondant son sourire avec de l'attention, pressa ses lèvres sur les siennes. Elle s'était fait gonfler les lèvres pendant l'été et ça commençait seulement à sembler naturels, mais Cormac ne faisait pas très attention.

« S'il te plaît, dis-moi que nous allons retourner à New York pour le nouvel an ? » Lydia gémissait maintenant. « Quelques jours de plus dans cet endroit vont me rendre folle. »

« Je suis désolé, ma chérie », dit-il en douceur, en coupant l'eau et sortir de la douche, « mais j'ai des affaires ici. Je ne peux pas promettre que je retournerai à New York d'ici là, mais tu devrais y aller si tu en as envie.

Lydia, enroulant une serviette autour de sa tête, plissa ses yeux vers lui.

« Alors, nous serons séparés pour les fêtes ? est-ce ce que c'est ce que tu dis ? »

« J'en ai bien peur. »

Lydia sortit de la salle de bain et Cormac soupira. Cela le rendait furieux qu'elle le surveille constamment, même si c'était justifié. Cormac n'avait pas l'intention de restreindre sa vie d'homme à femmes sous pretexte qu'il était fiancé – mais il était discret. Il n'avait jamais baisé autour de New York, réservant toujours ses rendez-vous pour ses fréquents voyages d'affaires. Il avait presque toujours eu recours à des professionnelles, également payées pour leurs discré-tions. Il ne se faisait pas d'illusions sur le fait que Lydia lui botterait les fesses si jamais elle l'apprenanit.

Il alla la chercher maintenant, assise sur le lit dans sa serviette mouillée, en train de brosser ses longs cheveux blonds. Il s'assit à côté d'elle. « Chérie », il pressa ses lèvres contre son épaule, « je sais que tu as horreur d'ici, et c'est pour cela que j'ai dit que tu devrais rentrer. Mais ce n'est pas ce que je veux. Je veux que nous soyons ensemble pour le Nouvel an. » Il soupira. « Je vais même supporter mes demi-frères et t'accompagner à leur fête — au moins, tu seras entre amis. » Trop tard, il réalisa que cela pouvait être un reproche. Lydia avait toujours adoré Mateo, peu importe la rupture. '' « Ce que je veux dire, c'est... la famille. Notre famille, pour le meilleur et pour le pire. »

Il sentit ses épaules se détendre un peu et la regarda à travers ses cils noirs. Elle lui sourit. « Dit comme ça... »

Cormac sourit, un peu triomphant. Il la repoussa sur le lit et attacha ses jambes autour de sa taille. Lydia était une bonne putain de baise, et maintenant elle haletait quand il lui enfonça sa queue, s'accrochant à lui pendant qu'ils baisaient, le pressant jusqu'à ce qu'il vienne, sa queue pompant du sperme en elle alors qu'elle criait son nom.

ROMY SE SENTAIT ÉTRANGEMENT nerveuse alors qu'elle se frottait à côté de son mari pour leur opération au domino. Blue la regarda. « Tu vas-y arriver, bébé. »

« Toi aussi, ma chérie. Je ne sais pas pourquoi je me sens si nerveuse. »

« Si tu ne l'étais pas, je serais inquiet », dit Blue en se brossant les mains. « Cinq patients en même temps... c'est un gros problème. Beau doit arriver à tout moment et Philippa et Rex arriveront dans la salle d'opération 5. C'est en train de se passer, bébé. »

Romy se mit à rire de l'excitation dans sa voix. « Chef, vous savez, vous êtes vraiment sexy quand vous êtes comme ça. »

Blue lui sourit. « Si ça se passe bien, je te prends plus tard dans la salle de garde. »

Romy rit sous cape, « Comme au bon vieux temps. » Tu te souviens de cette première fois ? Nous étions si peu professionnels, mais c'était si bon.

« Et c'est de mieux en mieux. Je t'aime, Docteur Sasse. »

« Je t'aime aussi, chef. Allons-y. »

Une heure plus tard, la chirurgie battait son plein. Romy et Blue étaient dans le même schéma que jadis, se déplaçant l'un l'autre comme des satellites en orbite, lisant leurs mouvements respectifs, leurs souhaits. Romy sentit une montée d'adrénaline traverser son corps. Ça lui avait manqué, les procédures programmées, la routine très organisée. A Haven, son travail consistait généralement en une opération d'urgence, une vaste gamme de compétences requises et le fait que les blessures qu'elle traitait étaient presque exclusivement causées par la violence, ce qui l'avait touchée. Ici, en essayant de combattre ce que la maladie avait causé à la patiente, elle pouvait travailler méthodiquement, perfectionner ses compétences.

Elle ne regrettait pas un instant de travailler pour Haven, mais ils avaient perdu beaucoup de patients et chacun d'entre eux hantait Romy. Cela signifiait plus de nuits blanches que ce qu'elle admettait à Blue.

« Ok. » Blue souleva un rein malade de sa patiente, « On y va. »

L'opération était une machine bien huilée (« une machine bien moulée », sourit Romy quand elle se souvint de l'erreur de Gracie), et le rein du donneur fut introduit aussitôt que nécessaire. Blue regarda sa femme. « Vous voulez faire les honneurs ? »

Romy hocha la tête, ses yeux scintillant au-dessus de son masque. Avec son aide, elle transplanta le rein dans la jeune femme assise sur la table et quand il commença à rougir et à réagir, ils se détendirent tous. « Excellent travail, bébé », dit Blue, oubliant le reste des personnes présentes dans la pièce, qui ricanèrent. « Ah, lâchez-moi », plaisanta Blue, « ma femme est une rock star. »

Dix heures plus tard, Blue relâchait son personnel épuisé, jetait ses gants sanglants dans les bacs et arrachait un baiser à Romy. « Je vais vérifier tout le monde, puis je te retrouve dans la salle de garde dans une heure. »

Elle l'embrassa en retour. « Je vais mettre à jour les tableaux. Merci, au fait, c'était grisant. »

Blue lui fit un clin d'œil et alla vérifier les patients. Romy jeta ses gants puis alla chercher du café chaud et une barre de céréales avant de s'installer dans le salon des résidents pour faire ses graphiques. Elle examina son portable et vit un message de sa mère.

ENFANTS AU LIT *presque à l'heure, adorables petits machins. Vous les élevez bien. Je vous aime, bonne chance avec la chirurgie. Maman xx.*

. . .

ROMY SOURIT. Sa mère, Magda, était ravie de s'occuper de ses petits-enfants pour quelques jours. Embrasser ses enfantspour leur souhaiter bonne nuit manquait toutefois à Romy.

Puis elle vérifia sa montre et sourit. Elle savait que Blue l'atten-drait et, lorsqu'elle entra dans la salle de garde, elle le vit déjà torse nu. « Ça c'est un spectacle magnifique. »

« Amène ton joli cul ici », dit Blue avec un sourire, et elle alla dans ses bras. Elle pressa son corps contre le sien, elle pouvait sentir son érection, dure comme un roc, contre son ventre.

« Hmm, c'est tout pour moi ? » dit-elle avec un sourire, puis elle poussa des éclats de rire alors qu'il la plaqua au sol, baissant son pantalon et ses sous-vêtements.

« Tu ferais mieux de croire que tout est pour toi, ma belle. »

Elle l'aida à se débarrasser de son pantalon, puis enleva son haut. Il libéra ses seins de son soutien-gorge, prenant ses tétons dans sa bouche avidement. Romy enroula ses jambes autour de son dos. « Je te veux en moi maintenant, bébé. »

Impatiente, elle l'aida à le guider et, alors qu'il s'enfonçait au fond d'elle, elle frissonna de plaisir. « Mon Dieu, oui, Blue... oui, oui... »

Ils baisèrent durement, sans même contrôler leurs cris, alors que sa queue s'enfonçait plus profondément. « Mon Dieu, tu es si belle... c'est tellement bon de sentir ma queue dans ta chatte... *Jésus... Romy... Romy...* »

Romy cria, son orgasme explosant à travers son corps, la faisant vibrer d'abandon. Blue gémit son nom alors que sa bite pompait profondément en elle du sperme épais et crémeux.

« Mon Dieu, Romy... je t'aime, je t'aime tellement putain... »

Alors qu'ils s'effondraient ensemble, Blue l'embrassa jusqu'à ce qu'elle soit à bout de souffle. « Je suis le type le plus chanceux de la planète », dit-il en lui souriant.

« Je t'aime tellement, Blue Allende. Vraiment du sirop, de la saccharine, tu sais ? »

Ils se mirent tous deux à rire et Blue, se retirant, la prit sur la couchette et s'enroula autour d'elle. « J'adore le sirop. »

Il enleva ses cheveux en arrière de son visage, la regardant. « Il n'y a personne d'autre sur cette planète qui me fasse ressentir ce que je ressens quand je te regarde. Complètement perdu. Complètement aimé. »

Romy rougit. Même après toutes ces années, il pouvait encore la faire se sentir comme une adolescente, vertigineuse. « Quand je t'ai rencontré, Blue Allende, tout devint logique. »

Ils s'embrassèrent et parlèrent jusqu'à épuisement, puis s'endormirent dans les bras de chacun.

CHAPITRE 12

Juno et Obe l'avaient regardée avec surprise quand Ebony leur avait dit qu'elle les emmenait directement de l'aéroport au domicile d'Atlas. « Je reste un peu là-bas », dit-elle devenant rouge vif. Juno et Obe se sourirent, compréhensifs. « C'est le début de la carrière », leur dit-elle, avouant ses sentiments pour Atlas. « Mais je suis tellement excitée. Vous l'aimerez, ainsi que sa famille. »

Son frère et sa femme avaient l'impression d'être impressionnés lorsque la limousine les conduisit au manoir, mais dès leur arrivée, ils furent accueillis par un Fino enthousiaste qui leur sourit. « C'est un plaisir de vous rencontrer tous les deux, s'il vous plaît, entrez. »

Après un déjeuner composé de sandwiches au steak et de champagne – heureusement, Ebony n'avait jamais aimé le champagne, alors Obe n'avait pas remarqué qu'elle ne buvait pas – Mateo leur montra le domaine. Obe et lui marchèrent devant eux, discutant alors que Juno se retenait et passait son bras dans le bras d'Ebony. « Alors, vous êtes venue pour chanter et vous êtes tombée amoureuse du patron ? »

Ebony rit sous cape. « Je sais, cliché, non ? Mais Juno, quand vous rencontrerez Atlas, vous saurez pourquoi. Il est incroyable. »

Juno hocha la tête en direction de Mateo. « S'il ressemble à ça – magnifique, en passant – alors je comprends tout à fait. »

Ebony hocha la tête. « J'espère que Livia ne pensera pas que je ne suis pas professionnelle, c'est juste que... je ne me suis jamais sentie de la sorte. C'était comme de la chimie instantanée, vous savez ? »

Juno sourit. « Je sais. C'était comme ça entre ton frère et moi. »

A la pensée que Juno et Obe accomplissent la moitié de ce qu'elle et Atlas avaient fait, Ebony vira rouge vif. « Je n'ai rien entendu », taquina-t-elle son amie, qui sourit.

« Il y a beaucoup de choses à entendre », dit Juno avec malice, et Ebony gémit et cacha son visage dans l'épaule de son amie.

« Rien. Entendu. »

Ils marchaient, remarquant que la lumière s'estompait. Mateo et Obe avaient maintenant beaucoup d'avance sur eux, presque cachés par un bosquet d'arbres chargés de neige. Fino courut vers eux en souriant. « Je retourne à la maison pour allumer les lumières de Noël. »

« D'accord, fais attention, Fino. »

Le garçon passa devant eux en direction de la maison, au moment où Mateo et Obe revinrent en leur faisant signe de la main.

Plus tard, Ebony essaierait de comprendre ce qui se passa, mais sans jamais vraiment le concevoir. Alors qu'elle se retournait pour voir Fino entrer dans la maison, un bruit fort résonna dans le jardin. Un instant, tout se figea, puis, à son horreur, elle identifia l'origine de ce son.

Un coup de feu. Alors qu'elle regardait autour d'elle, la première chose qu'elle vit fut quelqu'un en train de tomber. Ensuite, il y avait des gens qui criaient et un corps à terre qui saignait. Trop de sang.

BLUE ALLA VÉRIFIER ses patients pour la troisième fois, ne croyant pas à quel point l'opération s'était bien déroulée. Tous répondaient bien – l'un d'entre eux avait une pression artérielle légèrement élevée, mais il fallait s'y attendre. Il discuta avec un couple qui était réveillé, mais ensuite céda la place à son commandant en second, Bill.

« Va dormir avec ta charmante femme », lui dit Bill et Blue sourit.

« Le sommeil n'était pas ce que j'avais en tête, mais j'aime votre façon de penser. Merci, Bill. »

Blue se rendit dans la salle du personnel d'assistance pour trouver Romy, mais la voyant vide, vérifia à nouveau la salle de garde, puis la cafétéria. Romy n'était nulle part.

De retour sur au bloc, il arrêta une infirmière. « Hé, avez-vous vu le Dr Sasse ? »

« Pas depuis un moment. Elle allait au laboratoire la dernière fois que je l'ai vue. »

« Merci. »

ALORS QU'IL se dirigeait vers la cage d'escalier, un homme très pâle, reconnu par Blue comme l'un des maris de sa patiente, s'écroula à travers la porte. « S'il te plaît, peux-tu m'aider ? Je pense qu'elle a été poignardée. »

« Qui ? » Blue se précipita vers lui.

« Je ne sais pas, je pense une infirmière, un médecin ou une jeune femme... elle est par terre dans le couloir et il y a tellement de sang. Je viens de la retrouver. »

Le cœur battant, Blue suivit l'homme, essayant de calmer la panique dans sa poitrine. Ce n'est pas elle, ce n'est pas elle. Mais avant même d'avoir atteint le couloir, il sut que c'était bien elle. Romy. Sa Romy, allongée dans une mare de son propre sang. Le haut de son uniforme était relevé, de multiples coups de couteau dans le ventre et ses yeux étaient fermés. Elle était si silencieuse, si pâle.

Il se laissa tomber à genoux à côté d'elle avec un hurlement aigu et chercha un pouls. Rien. « Non, non... que quelqu'un nous aide... que quelqu'un nous aide... »

Son cri pouvait être entendu dans tout l'hôpital alors que les gens commençaient à se précipiter pour leur venir en aide.

. . .

L'EXPRESSION de Mateo fut confuse pendant un long moment, puis, alors que le sang commençait à couler sur son pull, sur sa poitrine, un sentiment de compréhension lui traversa les yeux. Compréhension et chagrin, accompagnés d'un au revoir. « Fino... » Il haleta le nom de son fils alors qu'il touchait le sang du bout des doigts. « Fils... désolé... »

« Appelle le 911 ! » Obe fut le premier à s'activer. Alors que Juno composait le 911, Ebony et lui emmenèrent Mateo dans la maison en verrouillant la porte derrière eux. Ils n'avaient aucun moyen de savoir si le tireur était toujours à l'extérieur. Posant Mateo par terre, Obe remonta son pull pour mieux voir la plaie. Le sang coulait de sa bouche et de son nez, se mêlant au sang de ce qui semblait être une autre partie de lui : il coulait tellement qu'il était impossible de dire s'il avait été touché plus d'une fois.

Ebony tomba à genoux à côté de lui. « Non, non, s'il te plaît... Mateo ? Mateo ? » Elle commença à lui faire du bouche à bouche et à gonfler sa poitrine. Une fraction de seconde plus tard, ils entendirent Fino revenir et Ebony regarda Juno paniquée. « Arrête-le... »

Mais c'était trop tard. « Dada ! » Fino cria et courut vers son père en détresse avant qu'aucun d'entre eux ne puisse l'arrêter. « DADA ! »

Juno prit le garçon dans ses bras, mais il se débattit, donnant des coups de pied, criant, griffant et hurlant de désespoir alors qu'elle sortait l'enfant éperdu de la pièce.

« Qu'est-ce qui s'est passé ? » demanda Obe, regardant Ebony effectuer les premiers secours, attendant de prendre la relève quand elle serait fatiguée.

D'autres coups de feu retentirent à l'extérieur, suivis de cris. « Putain... Ebony, éloigne-le des fenêtres. »

« Je ne peux pas m'arrêter », répondit Ebony en gardant le rythme sur la poitrine de Mateo mais ils pouvaient tous les deux voir qu'il était trop tard. Ses yeux vert brillant étaient vitreux, son beau visage pâle et mou. Ebony vérifia de nouveau son pouls puis se mit à sangloter, posant sa tête sur le torse du frère de son amant alors que le chaos persistait.

Fino fut de retour dans la pièce, à genoux dans le sang. Il tapota le visage de Mateo, ses yeux énormes et effrayés. « Dada ? »

« Je suis vraiment désolé, Fino », murmura Ebony. « Nous ne pouvions rien faire. »

La lamentation du garçon brisa tous leurs cœurs et Ebony l'attrapa et le pris dans ses bras, l'enfant au cœur brisé en pleurs, ses propres larmes confuses et se mêlant aux siennes.

CHAPITRE 13

D eux victimes, une morte et une s'accrochant à la vie dans un hôpital de Seattle. *Les deux victimes d'une possible attaque de vengeance par un homme qui aurait assassiné sa femme quelques jours avant Noël – qui ensuite blâma les victimes – ou, dans un cas, le jumeau identique d'une victime – pour sa mort. Ce soir, sur KOMO, l'histoire terrifiante qui a choqué l'Amérique. Nous reviendrons après ces messages.*

BLUE ÉTEIGNIT la télévision et se frotta les yeux. Il avait regardé chaque reportage qu'il pouvait, essayant de comprendre ce qui s'était passé une semaine auparavant. Mateo Tigri fut abattu dans sa propre maison... et sa bien-aimée Romy, poignardée sans pitié, laissé pour morte. Le fait qu'elle était encore en vie était un miracle, mais comme il la regardait, connecté à une myriade de machines, avec des bandages, meurtrie, déchirée, il se demanda si elle se réveillerait jamais.

Ce terrible jour, il était paniqué au-delà de toute croyance, se sentant impuissant face à Beau et lui ordonnant de quitter la salle d'opération. « Non, Blue. On s'en occupe. Je l'ai sauvée une fois, je le referai, je te le promets. Va. »

Il voulait frapper son vieil ami pour l'avoir banni, lui crier que oui, il l'avait déjà sauvée, mais c'était une balle, une balle qui avait manqué ses organes vitaux, mais cette nuit, cette nuit-là, ses blessures étaient bien pires.

Massacrée.

C'était le mot qui lui revenait à l'esprit, et il grimaça et essaya de ne pas crier pendant qu'il y réfléchissait.

Romy avait été poignardée quinze fois. Ses bras, ses mains couvertes de coupures et d'entailles – de plaies de défense. Son agresseur avait enfoncé le couteau si profondément dans le ventre qu'il en avait endommagé la colonne vertébrale. Son artère abdominale avait été coupée, son foie était endommagé, son intestin était coupé en morceaux. Si elle survivait, ce serait un miracle, même si elle s'accrochait à la vie de toutes ses forces.

Et Mateo Tigri était mort apparemment tué par le même homme – un homme qui était encore libre à ce moment-là. Carson Franks avait été arrêté, mais il avait un alibi en béton pour les deux attaques. Son petit sourire sur des caméras de télévision avait raconté l'histoire. Il avait payé quelqu'un pour assassiner Atlas – qui avait eu Mateo à la place – et l'avait payé suffisamment pour ne pas tomber avec lui.

Blue savait que Carson avait poignardé Romy lui-même. C'est ce qu'il aimait faire, lui avait dit sournoisement Atlas. Il aimait tuer des femmes. Et avec Atlas et Romy hors d'action, il n'y aurait personne pour témoigner à son procès.

Mais son tueur avait tué le mauvais frère et maintenant Atlas était en rage contre la presse, la police et sa propre équipe de sécurité qui n'avait pas réussi à protéger sa famille. L'angoisse suscitée par le meurtre de son frère avait été exacerbée en apprenant que Romy avait été poignardée. Bleu avait de la pitié pour l'homme... mais...

Il était en colère. En colère contre Atlas, en colère contre Romy. Comment avaient-ils pu lui cacher les menaces de Carson Franks ? S'il l'avait su, il aurait verrouillé l'hôpital. L'attaquant de Romy devait l'avoir suivie de chez eux jusqu'ici, l'endroit qui semblait sécurisé. Il aurait pu faire certaines choses s'il avait su... comme par exemple enfermer Romy dans un cube à l'épreuve des balles et du couteau et ne laisser plus jamais personne l'approcher.

Jésus. Comment en étaient-ils encore là ? Bleu se leva et alla à côté de sa femme. Il lui caressa la joue pâle et froide, se demandant à quel point elle pouvait ressentir les choses même dans son coma. Quand il l'avait vue étendue dans son propre sang, lacérée, il avait pensé qu'elle était morte. L'attaque avait été si vicieuse, si impitoyable il avait fallu dix-sept heures pour la stabiliser.

Ensuite, Blue avait eu la tâche épouvantable de dire à ses enfants que Maman était très malade. Les jumeaux n'étaient pas assez âgés pour comprendre que Maman ne rentrait pas à la maison avant un moment. Cela le tuait de penser à la façon dont Gracie, six ans, l'avait regardé avec des yeux sérieux. « Dada ? Maman est très malade ? »

Et Blue ne pouvait pas mentir à sa fille. « Oui chérie. Elle est très très malade, mais elle est soignée par les meilleurs médecins de l'hôpital de Dada. »

« Pouvons-nous la voir ? »

Il hésita. Il ne voulait pas que Gracie voie Romy attachée à toutes les machines, respirant à peine, à peine en vie, mais que se passerait-il si Romy n'arrivait pas à rester en vie ?

« Gracie... Dada va t'emmener voir maman quand elle ira un peu mieux », dit Magda en touchant son épaule quand elle passa près de Blue, emmenant Gracie. Blue sourit à sa belle-mère avec beaucoup de reconnaissance. Magda était brisée, complètement dévastée par l'attaque de Romy, mais elle s'était ralliée derrière Blue et les enfants.

Artemis, la sœur aînée de Romy, était également présente et s'était occupée des jumeaux, pensant à des aspects pratiques que Blue n'avait même pas considérés comme le fait que Romy allaitait. Artemis l'avait rassuré. « Nous allons passer au biberon, tout ira bien, Blue. Maman, Juno et moi allons-nous occuper des jumeaux et Gracie. Romy va guérir, et tout cela ne sera bientôt plus qu'un mauvais souvenir. » Sa voix se cassa à la fin de la phrase et elle se mit à sangloter, Blue l'étreignit étroitement.

Tant de gens avaient été déchirés par ce que Carson Franks avait mis en branle, pensait-il maintenant. Il embrassa le front de Romy et se dirigea vers son bureau. Beau Quinto, le chef à la retraite, l'attendait.

« Comment va Romy ? »

« Elle est stable, ce que nous pouvons souhaiter de mieux en ce moment. Mais elle a perdu presque la moitié de son volume sanguin, Beau... si elle se réveille, je ne sais pas si elle a subi une lésion cérébrale à cause d'un manque d'oxygène, puis une blessure à la colonne vertébrale pourrait vouloir dire n'importe quel nombre de... »

« Ho, ho, ho... » Beau leva les mains. « Une chose à la fois. Romy est stable, Blue. Concentre-toi sur ça. Aucun signe d'infection ? »

Blue soupira. « Heureusement, non. Pas encore. »

« Je pense que c'est un bon signe compte tenu de l'endroit où se trouvaient ses blessures. »

Blue ferma les yeux, l'image du ventre déchiré de Romy lui revint en mémoire, faisant remonter de l'aigreur dans sa gorge. « Qui fait ça à une femme, Beau ?' »

Beau, qui avait subi son propre traumatisme des années auparavant lorsque sa femme Dinah avait été touchée par balle, secoua la tête. « Je ne comprendrai jamais, Blue, et j'espère ne jamais comprendre. » Il étudia son successeur. « Blue... le conseil m'a contacté. Il m'a demandé d'intervenir en tant que chef par intérim pendant que Romy se rétablit. Je leur ai dit que je ne ferais rien derrière ton dos. »

Blue s'assit lourdement. « J'apprécie ta loyauté, mais le conseil a raison. Je ne peux pas gérer cet hôpital en attendant que ma femme... mon Dieu, Beau, elle pourrait mourir. Elle pourrait en fait mourir, et si cela se produit, je ne sais même pas comment exister. »

Et son ami n'avait pas de mots pour le réconforter, ni même de mensonges pleins d'espoir sur les possibilités de rétablissement.

EBONY ÉTAIT EFFRAYÉE. Atlas, retiré du choc initial du meurtre de son frère, était un automate déchaîné, désirant avoir des relations sexuelles sans fin, organisant des réunions non-stop avec des maisons de disques, buvant beaucoup et essayant de son mieux pour ne pas s'occuper de la mort de Mateo.

Entre eux, Ebony, Stanley, Bella et une Molly désespérée essayaient d'aider Fino à surmonter le pire, mais il était presque catatonique de chagrin. Atlas pouvait à peine regarder son neveu dans les yeux. Il avait fait une demande de garde temporaire auprès des tribunaux et l'avait obtenue, mais il était resté à l'écart du garçon.

Culpabilité. Il se sent coupable, se dit Ebony, mais cela lui brisa le cœur de voir cette famille déchirée. Elle était tellement blessée. Elle était heureuse de pouvoir offrir à Atlas un peu de réconfort, mais le sexe lui semblait plus vengeur que sentimental. La façon dont il la touchait maintenant... c'était baiser et pas faire l'amour, et le corps d'Ebony lui faisait mal à cause des exigences physiques constantes. Atlas la prenait dans le salon, ne se désengageant que quelques secondes avant que quelqu'un d'autre n'entre dans la pièce, laissant Ebony rougir et embarrassée.

Elle ne savait pas quoi faire. Le sexe semblait être la seule chose qui l'empêchait de devenir fou, mais à ce rythme, Atlas se dirigeait vers un accident.

Puis, il y avait son propre enfant, qui grandissait dans son ventre. Un mois. Juste un mois depuis cette nuit dans ce sexe club de la Nouvelle-Orléans, et son enfant la rendait toujours malade aux moments les plus gênants, mais chaque jour, elle ressentait un lien grandissant avec lui. Elle s'était interrogée auparavant, mais maintenant il n'y avait plus de doute qu'elle voulait cet enfant.

Elle y pensait encore quand Atlas vint la chercher. Il semblait plus calme aujourd'hui, moins impatient de la baiser, et quand il la vit se masser le ventre, il sourit pour la première fois depuis des jours, même s'il était si triste et chagrin que cela lui brisa le cœur. Il posa sa main sur la sienne. « Je peux voir à l'expression de ton visage... tu as pris une décision. »

Ebony hocha la tête. « Oui... et je comprends tout à fait si tu ne veux pas être impliqué. Je ne peux pas te demander ça, malgré le fait que je veux être avec toi. Je ne peux pas me débarrasser d'elle. »

« Elle ? »

« Juste un sentiment. »

« Bébé », Atlas pencha la tête pour l'embrasser, « pour autant que je sache, un père est quelqu'un qui élève un enfant, pas seulement quelqu'un qui partage son ADN. Si tu me le permets, j'aimerais essayer d'être un père pour le petit. »

Ebony sentit une vague de chaleur mais se mit en garde. Atlas n'était pas dans le meilleur état d'esprit pour prendre de telles décisions.

« Atlas, tout d'abord, nous devons essayer de prendre soin de Fino. »

Atlas se détourna d'elle, mais elle tourna la tête pour lui faire face.

« Ce n'est pas de ta faute. Mateo n'a pas été tué à cause de toi. Il a été tué par un fou. »

« Qui a cru qu'il *me* tuait. »

« Nous ne le savons pas avec certitude. » Ebony soupira. « Cela étant dit, l'homme qui a tiré sur Mateo est en garde à vue. S'il balance sur Carson Franks, nous le tenons. Votre équipé de sécurité a fait ce qu'elle était supposée faire, bébé, ils ont eu le tireur. »

« Mais comment est-il arrivé jusque-là, merde ? »

« Eh bien, c'est quelque chose que ton responsable de la sécurité est en train d'examiner. »

Elle s'appuya contre lui, parlant doucement. « Atlas, nous devons organiser les funérailles. »

« Jésus. »

Son bras l'entoura et elle sentit son corps trembler. Elle leva les yeux vers lui, ses yeux verts troublés et pleins de chagrin infini. « Je t'aime. » Elle chuchota et sut que c'était la vérité.

Atlas essaya de sourire. « Si seulement tu savais à quel point je suis tombée amoureux de toi, Ebony Verlaine. Je ne pourrais pas m'en sortir sans toi. » Il l'embrassa doucement. « Je veux prendre soin de toi et le petit. »

« Et Fino. »

Il acquiesça. « Bien sûr, Fino. » Je sais que j'ai été déconnecté et je ne peux pas vous remercier assez, toi ainsi que Molly et Juno. Je vais m'améliorer, je le jure. »

Il écarta les doigts sur sa bosse inexistante. « Si c'est un père pour ton enfant que tu veux, tu l'as, mon amour. Toujours. »

Ils s'embrassèrent puis entendirent un petit halètement. En se séparant, ils virent Bella, son visage pâle, mais leur souriant. « Tu es *enceinte* ? »

Trop tard, Atlas retira sa main de l'estomac d'Ebony, mais Ebony soupira. « Je le suis. Très tôt. » Elle jeta un coup d'œil à Atlas qui secoua la tête.

« Nous sommes ravis » déclara Atlas avant qu'Ebony ne puisse rien dire de plus. « Évidemment, le moment est mal choisi, mais nous espérons que *notre* enfant nous aidera tous à guérir. Aidera Fino à guérir. »

Bella poussa un cri de bonheur et les étreignit tous les deux. « Je suis si heureuse pour vous deux. »

Ebony sourit. Bella était vraiment adorable. Lorsqu'elle partit à la recherche de Fino, Ebony leva les yeux sur Atlas. « Tu n'avais pas besoin de protéger mon bébé et moi de la vérité. »

« En ce qui me concerne, c'est notre enfant ici », dit-il doucement. Il prit son visage dans ses mains.

Ebony se sentit anéantie par l'amour pour cet homme, et elle fut si soulagée qu'il sembla se calmer, son chagrin fou commençant à céder la place à acceptation. Elle caressa son beau visage, les lignes de chagrin gravées au plus profond de ses yeux. « Allez, bébé. Allons trouver Fino. »

En montant le vaste escalier, ils entendirent quelqu'un appeler à la porte d'entrée et l'assistant d'Atlas l'appela. « M. Tigri ? »

Atlas redescendit et parla à l'homme à la porte. Ebony le regarda lui remettre une enveloppe puis se détourna. Atlas déchira l'enveloppe et jura bruyamment, la rage le consumant de nouveau. Ebony alla le voir. « Qu'est-ce que c'est, Atlas ? Qu'est-ce qui ne va pas ? »

Atlas agita la lettre, les yeux en colère. « C'est Cormac. Il me poursuit pour la garde de Fino. »

CHAPITRE 14

E bony frotta le dos de Fino alors qu'il luttait avec ses devoirs de maths, puis jeta un coup d'œil à Molly. L'autre femme regardait par la fenêtre, le visage gravé d'une douleur si immense qu'Ebony ne pouvait s'empêcher de se sentir mal pour elle.

« Molly, chérie, pourquoi ne vas-tu pas prendre un peu de temps pour toi ? Je vais m'occuper de Fino. »

Molly se tourna vers elle comme si elle n'avait pas entendu ce qu'Ebony avait dit, puis acquiesça, sans mot dire et quitta la pièce. Fino, des cernes noirs sous ses yeux, le regarda. « Dada lui manque. »

« Il lui manque, bébé, il nous manque à tous. » Elle écarta les boucles sombres du visage de Fino. « Tu sais, si tu veux parler de Dada, à tout moment, tu peux toujours me parler, à oncle Atlas ou à Bella. Je sais que Molly a des difficultés. »

« Oncle Atlas aussi », dit Fino avec une sagesse bien au-delà de son âge. Il soupira et repoussa ses devoirs. « Je ne veux pas faire ça. »

« Alors tu n'es pas obligé, chéri. »

Fino lui sourit, un sourire doux et incertain. « Tu ne pars pas, n'est-ce pas ? »

Ebony secoua la tête. « Non, mon chéri, je te le promets. »

Fino se leva et vint à elle, rampant sur ses genoux et enroulant ses petits bras autour d'elle. Ebony le serra fort contre lui. Le petit corps de Fino tremblait. « Je veux voir Dada. »

« Je sais, bébé, nous le voulons tous mais... chéri, tu sais que nous pouvons regarder de vieux films de famille ou des photos. »

« Ce n'est pas la même chose. Il chanterait pour moi ou me jetterait dans les airs. Oncle Atlas... J'aimerais qu'il fasse ça. »

« Tu peux lui demander, mon amour, je suis sûr qu'il adorerait, c'est juste qu'il ne veut pas te contrarier. Je pense qu'il croit que parce qu'il ressemble à Dada, ça va te contrarier. »

Elle sentit Fino secouer la tête. « Il ne me regarde plus. Je pense qu'il ne m'aime pas. »

Le cœur d'Ebony se brisa. « Fino... Oncle Atlas a mal, ton Dada était son jumeau et il se sent... coupable d'être toujours là quand ton Dada ne l'est pas. Mais il t'aime, chéri. Il t'aime tellement. »

« Ce n'est pas de sa faute si un homme méchant a blessé Dada », murmura Fino.

« Je le sais, mais il se sent responsable. »

« Il me manque. Dada me manque. Et mon oncle Atlas. »

Les larmes d'Ebony coulèrent alors librement et elle cacha son visage dans les boucles de Fino. « Il t'aime, chéri, je jure que oui. Tu ne l'as pas perdu aussi. Donne-lui juste un peu de temps. Il essaie de s'assurer que tu resteras avec nous pour toujours. »

Fino la regarda. « Comme un nouveau Dada ? »

« Il ne remplacera jamais ton père, mon cœur », promit-elle, sentant son corps se figer de confusion. Tandis qu'elle parlait, il se détendit légèrement.

« C'est mon oncle. Mais seras-tu ma maman ? »

Elle sourit à travers ses larmes. « Si tu veux que je le sois, alors oui, chéri. »

Il ne dit rien, mais ses petits bras se resserrèrent autour d'elle. Ebony leva les yeux pour voir Atlas qui les regardait depuis la porte. Ses yeux étaient doux. « Je t'aime », dit-il, et elle lui sourit.

. . .

PLUS TARD, après que Fino se soit couché etla maison silencieuse, Ebony et Atlas se retirèrent dans leur chambre, couchés ensemble et discutant. Atlas, qui avait rencontré son avocat, passa son pouce sur sa joue. « Cormac n'a rien dans son dossier, en conclusion. Je ne comprends tout simplement pas pourquoi il pense le faire, pourquoi il a le sentiment de devoir le faire. Il a toujours été un abruti, mais je n'ai jamais pensé qu'il était aussi mesquin. »

Ebony secoua la tête. « Je ne peux pas te dire pourquoi, dit-elle, c'est peut-être une réaction à la mort de Mateo. Peut-être qu'il se sent coupable de le traiter si mal. Peut-être pense-t-il qu'en élevant Fino, il pourrait redresser la barre. »

Atlas sourit et l'embrassa. « J'aime la façon dont tu essaies de voir le bien chez tout le monde, même dans les pires situations. »

« Atlas, tu sais que tu peux tout me dire, pas vrai ? »

« Bien sûr. »

« Alors dis-moi... Y a-t-il quelque chose, que Cormac pourrait utiliser contre toi ? Si petit, si insignifiant que ce soit. Parce que si je suis au courant, nous pouvons le combattre. »

Atlas s'assit pour l'étudier. « Ebony Verlaine... le fait que tu t'investisses autant signifie beaucoup plus que tu ne le sauras jamais. »

Ebony se redressa et croisa les jambes sous elle. « Merci, mais tu as évité la question. Nous nous sommes jurés de ne rien cacher. »

Atlas soupira, hésitant. « La seule chose, et je veux dire, la seule chose qu'il pourrait utiliser, c'est une arrestation pour possession au collège, et c'était pour un joint personnel. Le cas n'a même pas comparu au tribunal. J'ai reçu une mise en garde. Mais il y a de cela quinze ans, et aucun juge ne m'en voudra pour ça. »

« Cormac doit bien le savoir, alors pourquoi diable fait-il cela ? » Ebony soupira et se tortilla plus près d'Atlas. « Chérie, je ne vois pas que cela puisse se retourner contre toi. »

Il appuya sa bouche contre son front. « Moi non plus, bébé. Toi, moi, Fino et le bébé, nous serons une famille. »

Il la poussa sur le dos et recouvrit son corps du sien. Ebony lui sourit, enroulant ses jambes autour de ses hanches, soupirant alors qu'il enfonçait sa queue au fond d'elle. « Je t'aime. »

Le rythme d'Atlas s'accéléra à mesure que son excitation grandissait. « Tu es si belle, bébé. »

Ils firent l'amour jusqu'à dans l'après minuit, puis s'endormirent.

Les rêves d'Ebony cette nuit-là se transformèrent en cauchemars vicieux et assoiffés de sang, revivant le meurtre de Mateo, puis regardant avec horreur chacun de ses amis, son frère, même Fino, se faire assassiner par un homme sans visage encore et encore jusqu'à ce qu'elle se réveille en criant.

Atlas se redressa aussitôt et elle lui raconta ses rêves. Il la prit dans ses bras. « Personne ne s'approchera à nouveau, je le jure. »

Mais Ebony ne pouvait pas se rendormir. Son estomac était nauséeux et, finalement, elle se glissa hors du lit et alla s'asseoir dans la salle de bain, appuyant sa tête brûlante contre le carrelage froid. peut-être avait-elle enfin tourné une page.

À six heures du matin, le téléphone sonna et Blue leur annonça qu'une autre page avait été tournée à l'hôpital. Romy se réveillait.

CHAPITRE 15

R omy ne souhaitait rien d'autre que de se rendormir. Même si elle était ravie de voir Blue, voir le soulagement sur son visage alors qu'elle se réveillait du coma, sentir son baiser sur ses lèvres sèches, la douleur de ses blessures était brûlante – et pire encore, elle continuait à revivre le coup de couteau, encore et encore.

C'ÉTAIT ARRIVÉ SI VITE, si choquant. Un instant, elle marchait dans le couloir, des dossiers médicaux en main et les lumières s'étaient éteintes d'un coup. Un pas de plus et elle sentit un coup violent lui frapper la tête et se laissa tomber au sol. Ensuite, un homme la renversa sur le dos et la déshabilla pour laisser voir sa poitrine. Étourdie et désorientée, elle l'entendit dire : « Je vais bien m'amuser. »

Puis la douleur, *mon Dieu*, la *douleur* accablante et inimaginable alors qu'il enfonçait le couteau dans son ventre mou, encore et encore. Son esprit tournoyait... Dacre ? n'était-ce pas ce que Dacre voulait lui faire ? Était-il revenu des morts ? *Non...*

Il saisit le manche du couteau et la poignarda de nouveau, avec plus de force cette fois-ci. Romy pouvait sentir sa colonne vertébrale hurler de douleur – il l'avait atteinte. *Oh mon Dieu...* elle allait vraiment mourir ici, n'est-ce pas ?

Plus de Blue. Plus de vie. Juste la mort. Son soi-disant tueur la poignarda à nouveau, devenant clairement excité par sa douleur. *Quelqu'un... aide-moi s'il te plaît...* elle ferma les yeux, ne voulant pas voir le triomphe sur son visage.

Le cri. Très proche cette fois. Maintenant Dacre... non, pas Dacre. Un autre homme, un autre... Franks... Carson Franks... oui... c'était lui... maudit bruyamment et a commencé à la poignarder avec plus d'urgence. Elle leva une main, essayant de l'arrêter. Si quelqu'un venait à la rescousse, il serait trop tard.

Mon Dieu, un coup si fort que Franks eutavait du mal à sortir le couteau. Elle pouvait sentir l'odeur de son sang, sentir sa rouille et le sel.

Son agresseur se pencha et murmura à son oreille alors qu'elle cédait à l'inconscience. « Je t'ai promis de te tripoter, jolie fille, et je le fais. Tu ne survivras pas à ça... mais si, par miracle, tu le fais, je le referai, encore et encore, et encore jusqu'à ce que je sache, une fois pour toutes, que tu es morte. » Il poussa un petit rire étouffé. « Et puis je vais tuer ton mari et tes enfants... »

Elle n'eut pas le temps de crier avant que le vide ne vienne.

ROMY GÉMIT MAINTENANT en entendant le raclement d'une chaise. « Chérie ? » Sa mère. Elle sentit Magda poser une main sur son front brûlant. Cela sentait le confort, le refroidissement et l'apaisement.

Maman ? Mon dieu, elle n'avait pas appelé Magda ainsi depuis des années, mais tout ce qu'elle voulait faire, c'était pleurer. Ces dernières années avec Blue, les enfants, avoir affaire à Dacre et Gaius, et maintenant ceci... Tout était arrivé si vite.

« Oh, chérie. » Magda, des larmes nageant dans ses propres yeux, séchait les larmes de sa fille. « Ce n'est pas grave, nous sommes tous ici, nous vous aimons tous. »

Blue. Romy prononça les mots, mais sa gorge devint sèche. Magda l'aida à siroter de l'eau.

« Il est juste parti charcher du café, chérie. Il est debout depuis vingt-quatre heures, espérant que puisque tu es réveillée, il pourrait te parler. »

Fatiguée.

Magda hocha la tête. « Tu vas l'être chérie, tu as vécu un traumatisme terrible. »

Gracie, les jumeaux.

« Artemis les a pour le moment. Elle et Juno s'occupent d'eux à tour de rôle. Romy, tu te souviens de ce qui s'est passé ?

Elle acquiesça avec détermination. *Carson Franks.* Magda fronça les sourcils. « Tu es sûre ? »

Romy acquiesça de nouveau. Elle regarda sa mère. *Pourquoi ?*

Magda soupira. « Il dit qu'il a un alibi, mais je te crois chérie. Nous informerons la police. Mais ne t'inquiètes pas pour rien. Blue travaille avec eux, ainsi qu'Atlas. »

Atlas ?

Romy vit les yeux de sa mère se voiler. « Atlas va bien, ma chérie... mais Mateo... Mateo a été tué par balle. Nous pensons qu'il a été confondu avec Atlas. »

Romy gémit silencieusement et se mit à sangloter, couvrant son visage de ses mains, inconsolable, et Magda dut finalement appeler l'une des infirmières. Les infirmières injectèrent un sédatif dans la solution intraveineuse de Romy. « Vous avez besoin de vous détendre, Mme Allende. Votre tension artérielle est un peu élevée à mon goût. »

Romy ferma les yeux. Tout était en désordre. Quand elle a de nouveau regardé sa mère, c'était avec colère. Elle réussit à croasser : « Pourquoi Franks n'est-il pas en prison ? »

« Ils y travaillent, chérie. Maintenant que tu es réveillée, ça va être une aide précieuse et ne t'inquiète pas pour la sécurité. Il y a deux énormes gardes devant ta porte, et les enfants ont une protection comme s'ils étaient membres de la famille royale. Ce qu'ils sont, du moins pour moi. » Magda sourit à demie et Romy lui serra la main avec gratitude.

Je t'aime, maman.

Magda se pencha et embrassa le front de sa fille. « Dors un peu plus, bébé. Plus tu te reposes, mieux tu te sentiras. Je suis sûre que Blue sera content que tu sois lucide. Il attendra si tu dors à son retour. »

BLUE ALLENDE MARCHA LENTEMENT, lourdement, dans les escaliers menant à l'étage de Romy. Depuis l'attaque de Romy, il n'avait dormi que quelques heures et cela lui causait des ennuis. Maintenant, *Romy était... pas hors de danger, pensa-t-il, elle ne sera jamais hors de danger tant que Carson Franks est libre.* Non, Romy commençait à se remettre, et maintenant qu'elle le pouvait, il pouvait recommencer à réfléchir.

« Blue ? »

Il se retourna pour voir Atlas Tigri monter les escaliers derrière lui. « Hé, Atlas. » Sa colère contre cet homme était atténuée maintenant que Romy était réveillée – Blue avait deviné que c'était Romy qui avait demandé à Atlas de garder les menaces de Carson Franks pour eux. Ce serait bien d'elle, après tout. Ne pas vouloir faire de vagues.

De plus, Atlas avait l'air brisé. Perdre son frère jumeau, et pire encore, il s'agissait d'un cas d'identification erronée... Blue ne savait pas comment Atlas tenait le coup. « Comment ça va ? »

Atlas haussa les épaules. « Comme toi, je suppose, certains bons jours, plus de mauvais. Si je n'avais pas Ebony et Fino... »

Blue frappa doucement son épaule. « Je suis désolé, Atlas, à propos de Mateo. Je ne peux pas te dire à quel point je suis désolé. »

Atlas ignora la mention de son jumeau, ses yeux angoissés.

« Comment vas Romy ? »

« Encore très faible et incapable de penser clairement ni de marcher correctement. Je suis juste sur le point d'aller voir si elle est toujours réveillée. Viens avec moi. »

Les deux hommes retournèrent dans la chambre de Romy, où Magda leur sourit. « Elle est endormie et sa voix n'est pas très forte, mais elle est lucide. Elle se souvient de ce qui s'est passé et de qui l'a fait. »

« Franks ? »

Magda hocha la tête. « Elle semble fâchée. »

« On se demande pourquoi. Hé, ma belle. » Blue caressa la joue de Romy. Elle ouvrit les yeux et lui sourit. « Hé, ma douce, dit Blue tendrement en se penchant pour se frotter les lèvres. Je t'ai amené un visiteur. »

Il s'écarta pour que Atlas puisse voir Romy et elle, lui. Les yeux de Romy se remplirent de larmes et elle tendit la main à Atlas. *Désolée.*

Atlas était visiblement ému. « Merci Romy. Continue à prendre des forces, pour nous tous. Ebony t'envoie son amour. Quand tu seras plus forte, elle adorerait te voir. »

ROMY ACQUIESÇA. Elle regarda son mari. *Et les enfants.* Blue hésita et elle plissa les yeux. Il gloussa. « Ok, tant qu'ils ne grimpent pas partout sur toi. Tu es toujours très malade, bébé. »

Ils vont me faire... ... me sentir mieux », croassa Romy, demandant plus d'eau.

Blue tira une chaise à côté d'elle et l'aida à prendre une gorgée, puis caressa les cheveux de son visage, son regard étant tourné vers elle.

« Ne t'inquiète pas, bébé », murmura-t-elle, trouvant que parler presque à voix basse marchait bien. « Je vais aller mieux. »

Bleu sourit à moitié. « Tu as tellement de problèmes, chérie. »

« Je sais, et je suis désolée de ne pas vous avoir parlé de Carson Franks. Nous avons des menaces tout le temps, alors je l'ai considérée comme une de plus... c'est ma décision de ne rien dire alors ne blâme pas Atlas. »

Atlas a commencé à protester, mais Romy l'arrêta. « Atlas... les mots ne peuvent exprimer à quel point je suis désolée pour Mateo. »

« Romy, s'il te plaît, non. J'aurais dû m'assurer que nous serions pleinement protégés. Je pense que, comme toi, je n'ai pas pris les menaces au sérieux. »

Blue étudiait toujours sa femme. « Romy... tu es sûre que c'est Carson Franks qui t'a poignardée ? »

« Absolument. Maman me dit qu'il a un alibi. Celui qui le lui donne est un menteur. Je l'ai vu, je l'ai entendu, chaque seconde qu'il m'attaquait. » Elle déglutit difficilement, se souvenant. « Il a menacé de terminer le travail si je devais survivre, puis il m'a dit qu'il s'en prendrait à vous et aux enfants. »

« Enfoiré ! » siffla Bleu et se leva en marchant. Il sortit son téléphone portable pour appeler le Détective Halsey. « Halsey ? »

« Hé, docteur Allende, j'allais juste vous appeler. Le tireur de Mateo Tigri vient de balancer Carson Franks. Nous nous rendons chez lui maintenant.pour l'arrêter et l'inculper. »

CHAPITRE 16

Les épaules d'Ebony s'affaissèrent. « Mon Dieu, c'est une bonne nouvelle, bébé. » Elle ferma les yeux, reconnaissant qu'Atlas se trouvait à l'autre bout du téléphone et qu'il ne pouvait pas la voir pleurer. « Et tu promets, Romy va bien ? »

« Elle va y arriver, ce sera un long chemin, mais je pense qu'entendre que Carson Franks sera mis à l'ombre pendant longtemps l'aidera. » Elle l'entendit soupirer.

« Fatigué ? »

« Épuisé, mais je dois consulter mon avocat avant de rentrer à la maison. Je pourrais acheter un plat à emporter ?

« Bonne idée. Fino semble un peu mieux, toujours collant. Bella l'a emmené pour un chocolat chaud. »

Atlas soupira à nouveau. « Bien. Tu as été un ange avec lui, mais je suis heureux que tu aies un peu de temps pour toi. Je serai bientôt à la maison. Je t'aime. »

« Je t'aime aussi bébé. Conduis prudemment. »

EBONY DÉCIDA d'aller à la cuisine, de faire des biscuits pendant qu'elle attendait le retour des autres. Stanley, de qui elle s'était rapprochée ces deux dernières semaines, était à New York pour finaliser ses plans de retraite, et avec Bella et Fino hors de la maison, elle se sentait étrange d'être ici seule.

La mort de Mateo avait laissé une déchirure dans leurs fondations et Ebony ne savait pas comment ils pourraient jamais la réparer. Elle essaya d'imaginer si Obe était morte, mais ne pouvait même pas supporter l'idée.

Repoussant cette pensée, elle se prépara à faire des biscuits à l'avoine et aux raisins secs. Lorsqu'elle les glissa dans le four, la cuisine commença à se remplir du parfum de cannelle et de noix de muscade. Ebony se frotta inconsciemment le ventre avant de sursauter en entendant des pas derrière elle.

Cormac Duggan lui sourit, mais ses yeux étaient plissés et froids. « Ah, madame Verlaine. Je vois que tu es à la maison. »

Ne te laisse pas avoir. « Je pense qu'Atlas préférerait que tu ne viennes pas ici pour le moment, M. Duggan », rétorqua-t-elle. « Pas pendant que tu mènes cette bataille mesquine pour la garde. »

Cormac hua. « Waouh, il t'a vraiment transformée en sa femme Stepford, n'est-ce pas ? Dis-moi, avec ton expérience d'un mois dans cette famille, qu'est-ce qu'Atlas souhaiterait d'autre ? »

Ebony grimaça et se détourna, mais il attrapa son poignet. « Je t'ai posé une question. »

Ebony lui arracha son bras. « Ne me touche plus jamais », cracha-t-elle avant de prendre une profonde inspiration. « Écoute, je te le demande poliment. S'il te plaît, laisse-moi. »

À ce moment-là, quelque chose dans son estomac se contracta violemment et, le souffle coupé, elle se plia en deux.

L'humeur de Cormac changea immédiatement. « Tu vas bien ? Assieds-toi ici. » Il tira une chaise et l'aida à s'y assoir. Ebony baissa la tête, des points noirs apparaissant aux coins de sa vision. Elle entendit Cormac faire couler le robinet puis il revint avec un chiffon humide. « Tiens, mets ça sur ta tête. »

Ebony aspira de l'air à grandes goulées et s'efforça de comprendre la douleur. Etait-elle en train de faire une fausse couche ? *Mon Dieu, femme, ne sois pas si dramatique, c'est probablement du gaz.* Une autre vague de douleur et elle serra les poings. *Aie.* Une vraie crampe, mais elle savait que ça pouvait ne rien vouloir dire.

« Ça va, Ebony ? » La voix de Cormac était plus douce maintenant. Elle hocha la tête, mais une crampe encore plus dure la frappa.

« Jésus, non... je ne vais pas bien. Je suis enceinte », siffla-t-elle les dents serrées. Le moment suivant, Cormac l'avait prise dans ses bras et, avant de s'en rendre compte, elle était dans sa voiture.

« Qu'est-ce que tu fous ? » Elle réussit à poser la question avant de se plier en deux.

« Je t'emmène aux urgences », dit Cormac. « Non seulement c'est la chose responsable à faire, et tu sembles souffrir énormément, et je ne veux même pas imaginer comment Atlas utiliserait le fait que j'étais avec toi si tu faisais une fausse couche. »

Ebony le regarda. « Atlas n'est pas si mesquin, Cormac. »

Cormac éclata de rire. « Ebony, ne sois pas si naïve. Je sais que tu l'aimes, mais tu es jeune et tu le vois à travers des lunettes teintées de rose. Mateo n'était pas assez mûr pour élever un enfant – qu'est-ce qui te fait penser qu'Atlas l'est ? ”

« Mateo était un père merveilleux et tu le sais très bien. Oh... oh... » La douleur s'intensifiait et elle cria alors que la voiture passait dans un nid-de-poule. Ebony sentit la main de Cormac frotter son dos. Elle ne le comprenait pas ; il semblait si gentil, et pourtant il était décidé à faire de la vie d'Atlas – et par extension de celle de Fino – un enfer.

« Cormac, je te demande de laisser tomber s'il te plaît ce procès. Quand notre bébé sera né, Fino aura son cousin et nous allons devenir une famille. Si tu aimes vraiment ce petit garçon... ne nous sépares pas. »

Cormac ne lui répondit pas, mais tapota son téléphone sur son tableau de bord. Une seconde plus tard, Ebony entendit la voix d'Atlas.

« Atlas, je suis avec Ebony... Je la conduis aux urgences à Rainier Hope. Je pense qu'elle a juste des crampes. Je veux juste la faire contrôler. »

Atlas resta silencieux une seconde. « Puis-je lui parler ? »

« Tu es sur haut-parleur. Je conduis. »

« Atlas ? »

Immédiatement, le ton d'Atlas s'adoucit. « Est-ce que ça va, chérie ? Est-ce que Cormac t'a dérangée ? »

« Non, pas du tout. Je suis sûre que ce n'est rien, mais il est préférable de demander à un médecin de le dire. »

« Je te retrouverai aux urgences, bébé. » Il y eut un silence. « Merci de l'emmener à l'hôpital, Cormac. »

« De rien. À bientôt. »

Ebony n'eut pas la chance de dire au revoir avant que Cormac ne raccorche le téléphone.

ATLAS LES ATTENDAIT à l'entrée et il aida Ebony à pénétrer dans l'entrée. La réceptionniste les dirigea également. Cormac les suivit mais, se tenant près du lit d'Ebony, Atlas se tourna vers lui et lui tendit la main. « Merci de l'avoir amenée », dit-il froidement, « mais nous pouvons nous en sortir, maintenant. »

Cormac regarda la main tendue d'Atlas un long moment avant de la secouer. Il jeta un regard noir à Ebony qu'elle ne comprit pas, puis acquiesça, une fois, brièvement. « Je vais laisser Bella savoir ce qui se passe. »

« Merci. »

Alors qu'il se tournait pour partir, Ebony l'appela. « Merci, Cormac... et s'il te plaît, considère ma demande. C'est tout ce que je veux. »

Cormac acquiesça de nouveau, soutenant le regard d'Ebony trop longtemps, puis les laissa seuls. Atlas prit une chaise près du lit. Il porta sa main à ses lèvres et l'embrassa. « Comment vas-tu ? »

« Avec des crampes », Ebony grimaça sous une autre douleur. « Mon Dieu, je sais que j'ai dit que je ne savais pas ce que je voulais auparavant, et quand j'ai appris que j'étais enceinte, je ne savais pas quoi faire, mais j'espère que je ne la perdrai pas. »

Atlas l'embrassa doucement et ne dit rien, la douleur de tant de pertes lui étant déjà gravée profondément au visage.

En quelques minutes, un gynécologue se joignit à eux. Melissa Fraser sourit à Ebony en fermant les rideaux. « Hé là, j'ai entendu dire que tu avais des crampes assez douloureuses ? »

Ebony hocha la tête et Atlas, tenant sa main, étudia le docteur. « Est-il habituel d'avoir ces symptômes si tôt dans la grossesse ? Elle a aussi des nausées matinales. »

« Où en êtes-vous ? »

« Environ six semaines. »

« Eh bien », le médecin examinait son estomac, « il s'agit probablement de crampes causées par le fœtus qui se fixe à votre utérus. Aves vous des pertes ? »

« Un peu. »

Le Dr Fraser acquiesça. « Alors, je serais encline à penser que c'est ça. Mais nous allons faire quelques tests et faire des scanners pour s'assurer que vous n'éprouvez rien de plus qu'une grossesse tubulaire. Y a-t-il quelque chose dans vos antécédents médicaux que je dois savoir ? »

Ebony et Atlas se regardèrent pendant un long moment puis Atlas, se raclant la gorge, parla. « Docteur... Je ne suis pas le père biologique de cet enfant, même si j'espère qu'Ebony me laissera être son père, c'est certain. »

« Ah, d'accord. » Le visage du docteur n'était pas du tout un jugement pour le soulagement d'Ebony. « Alors, savez-vous quelque chose sur le père ? »

Le visage d'Ebony devint rouge vif. « Je suis désolée, non. »

« Eh bien, ne vous inquiétez pas, laissez-nous nous concentrer sur vous, maman. »

Le médecin passa en revue quelques questions de base alors qu'elle examinait Ebony, puis les laissa tranquilles pendant qu'elle allait chercher un scanner disponible. Atlas embrassa doucement Ebony. « Est-ce que ça va, chérie ? »

Ebony hocha la tête. « Je me sens un peu bête, mais oui, ça va. Cela me fait réaliser à quel point je suis peu préparée à être mère si je ne connais même pas les rudiments de la grossesse. »

« Chérie, nous pouvons faire quelque chose à ce sujet. Des cours, des recherches en ligne, parler à Artemis ou à Romy, quand elle ira mieux, bien sûr. »

« Bien sûr. » Ebony se pencha au contact d'Atlas alors qu'il prenait son visage dans sa paume. « Peut-être qu'une fois que nous aurons fini ici, nous pourrons aller la voir. »

« Je vais appeler Blue et voir si elle est en est capable. *Après* l'analyse », ajouta-t-il au retour du Dr Fraser. Ebony lui sourit, à l'excitation dans ses yeux. Elle adorait le fait que l'idée de devenir un père le ravissait. Comment Cormac pouvait-il dire qu'il n'était pas qualifié...

Au milieu du scanner, le médecin lui sourit. « Eh bien, tout va bien, Ebony. Je pense que c'est juste le fœtus qui s'installe et vous fait souffrir. Évidemment, si cela continue ou si les saignements s'aggravent, revenez. »

EBONY REMERCIA LE MÉDECIN. Au bout de quelques minutes, elle était habillée et prête à partir. Atlas était au téléphone alors qu'elle signait des papiers et en se retournant, elle était surprise de voir Cormac se tenir dans le couloir et la regarder. Ebony se dirigea vers lui, puis s'arrêta alors qu'elle notait le dégoût sur son visage. C'était si palpable que cela la choqua et elle resta bouche bée devant lui qui se retournait et s'éloignait d'elle. Qu'est-ce qu'elle avait fait de mal ?

Ses hormones travaillaient contre elle maintenant, et ses yeux se remplissaient de larmes faciles. Elle les chassa rapidement avant qu'Atlas ne puisse les voir. Il l'entoura de ses bras. « Blue dit que Romy dort en ce moment, mais nous pouvons aller nous asseoir avec elle pendant un moment. »

« D'accord. »

Atlas la regarda. « Tu vas bien ? »

Ebony hocha la tête et l'embrassa. « Je suis toujours bien avec toi. » Et elle lui prit la main et le conduisit dans la cage d'escalier.

Blue sortit de la chambre de Romy pour prendre l'appel du détective Halsey. « Avez-vous arrêté Franks ? »

Il entendit les hésitations dans la voix de John Halsey. « Il s'est échappé. Il savait que nous allions venir et a disparu. »

Blue cria fort. « Jésus, Halsey ! Comment cela s'est-il passé ? Qui nous a fait foirer ? »

« Nous y travaillons, Doc, je le promets. Jusqu'à ce que nous obtenions plus de réponses, nous envoyons une protection supplémentaire à votre famille, à M. Tigri, à Haven. Nous aurons notre homme, Dr Allende, je vous promets. »

Blue finit d'appeler et jura de travers. Il détestait l'idée que Franks soit encore libre, dans la nature, capable d'atteindre Romy. Le jour où elle avait été poignardée... ce fut le pire jour de sa vie, encore pire que le jour où son demi-frère l'avait abattue. La femme qu'il aimait serait-elle un jour en sécurité ?

« Hey, Blue. »

Il se tourna vers le son de la voix douce et sourit à Ebony. « Hé toi-même, beauté. Tout va bien ? »

Elle lui sourit. « Oui, le bébé va bien. »

Blue sourit et embrassa sa joue, serra la main d'Atlas. « Félicitations à vous deux. Et ne laissez personne vous dire que c'est trop vite. Je voulais épouser Romy et avoir des enfants avec elle dès que je l'ai rencontrée. »

Atlas acquiesça. « Merci, mec. »

Blue le regarda. « Hé, alors pendant qu'Ebony est avec Romy, puis-je te dire quelques mots ? Rien de grave. »

« Bien sûr."

Quand les deux hommes furent seuls, Blue répéta ce que le détective lui avait dit. La bonne humeur d'Atlas disparut. « Merde. »

« Oui. Apparemment, la sécurité est une priorité. »

Atlas acquiesça. « Compte tenu de notre richesse combinée, nous pouvons tout lancer. »

« D'accord. Regarde, je pense que plus nous coordonnons nos plans, mieux ce sera. Votre maison est-elle sécurisée ? »

« Elle l'est maintenant », dit Atlas avec gravité. Il soupira en se frottant le visage. « Écoute, il n'y a pas d'autre moyen de le dire, mais je suis désolé. Je suis désolé de ne rien avoir dit au sujet des menaces. »

« Atlas, il n'est pas utile de penser à ça – du moins c'est ce que je me dis maintenant. Romy est vivante... je suis désolé. J'ai beaucoup aimé Mateo, c'était un grand homme. »

« Il l'était. C'est Fino pour qui j'ai peur. Ebony a été géniale avec lui, tout comme Molly. Maintenant, ce truc avec Cormac... »

« C'est un imbécile », dit Blue avec colère. « Quiconque pourrait faire ça... » Il se tut. « Cormac, nous pouvons gérer. Atlas. Tu as besoin de témoignages, de témoins, nous sommes là pour toi. Mais Franks est une perspective totalement différente. Il a menacé de tuer mes enfants. Il a menacé de les tuer alors qu'il était en train de massacrer ma femme. Franks ne peut pas s'en sortir comme ça. »

Atlas hocha lentement la tête, tenant le regard de Blue. « D'accord. »

« Je te jure... Romy, ma famille, ta famille... Je ferai tout ce qui est en mon pouvoir pour assurer leur sécurité. J'irai jusqu'au bout. » Blue pouvait voir Atlas suivre son sens profond tandis que l'autre homme, ses yeux dangereux, acquiesçait."

« Oh, oui », dit Atlas à voix basse. « *Jusqu'au bout.* »

CHAPITRE 17

Ebony sentit Atlas glisser ses bras autour de sa taille alors qu'il se couchait à côté d'elle et elle se tourna en lui souriant. « Étrange journée. »

« Très. » Il pressa ses lèvres contre les siennes, l'embrassa tendrement, puis soupira, enfouissant son visage dans ses cheveux. « Aujourd'hui, j'étais tellement enthousiasmé à propos du bébé et pourtant, lorsque nous avons examiné le scanner, j'ai pensé : comment ce bébé ne peut-il pas être le mien ? Je me sens comme s'il l'est et cependant je me sens aussi étrange de le dire. Je perds mes sens, je ne sais pas de quoi je parle », ajouta-t-il avec un rire et Ebony gloussa.

« Oui, tu l'es, mais je comprends. Atlas, chaque cellule de mon corps souhaite que ce soit ton enfant qui grandisse en moi. Aujourd'hui m'a fait prendre vraiment conscience de certaines choses. Je ne connais vraiment rien concernant l'enfant et peut-être... peut-être que je devrais essayer de retrouver le père. » Elle le regarda avec des yeux inquiets et vit la légère blessure qu'ils avaient en eux. « Atlas, je t'aime, en ce qui me concerne, toi, moi et le bébé sommes une famille. Ne penses-tu pas qu'il serait préférable de savoir ? N'est-ce pas ce que Mateo a découvert lorsqu'il a découvert Fino ?

Atlas soupira et ferma les yeux, la douleur traversant son visage. « Bien sûr, je sais que tu as raison. Nous devrions essayer de savoir qui est le père et lui donner la chance de participer. » Il lui sourit d'un air penaud. « Mais j'espère vraiment qu'il ne voudra pas que tu reviennes. »

« Ha, premièrement, il ne m'a jamais eu, pour ainsi dire, et deuxièmement, personne ne pourrait m'emporter loin de toi, M. Tigri. Malgré tout ce qui s'est passé, t'aimer toi et ce bébé sont les seules choses dont je suis sûre. »

« Bien. » Il lui prit la main et embrassa le dessus de ses doigts à son tour. « Alors, si je te demandais de m'épouser, ça ne serait pas trop vite ? »

La respiration se bloqua dans la gorge d'Ebony. Mariage ? Maintenant ?Puis elle réalisa que son hésiattion avait duré plus longtemps que et que la douleur était revenue dans les yeux d'Atlas.

« Ce n'est pas grave, tu n'es pas obligée de répondre à cette question. Oublie ça. »

Ebony écrasa ses lèvres contre les siennes. « Atlas, tu es tout pour moi. Je pense juste que nous devrions ralentir, prendre les choses une par une. Tu me poses cette question dans un an ? Je promets que je dirai oui. »

Atlas sourit à demi. « Je te l'ai dit, je suis impétueux. Tu as encore raison, bien sûr. »

Elle caressa son visage, grattant légèrement sa courte barbe sombre et l'embrassa doucement. « Je t'aime tellement. »

Même si elle aurait aimé faire l'amour avec lui, elle était aussi épuisée que lui par les événements de la journée. Ils s'enroulèrent l'un dans l'autre et s'endormirent rapidement.

Plus tard, alors qu'Atlas était encore endormi, Ebony se réveilla avec une gorge sèche et se leva pour aller chercher de l'eau. Alors qu'elle se dirigeait vers la cuisine, elle s'arrêta et écouta. Elle pouvait entendre des pleurs. Inquiétée par le fait que ce soit Fino, elle en suivit le son jusqu'à ce qu'elle entende une voix de jeune femme. Bella. Bella pleurait quand elle parlait à quelqu'un. Ebony se rapprocha de la porte, levant la main pour frapper à la porte lorsqu'elle entendit Bella gémir.

« Non, tu ne peux pas... non, ce n'est pas juste, ce n'est pas bien. Mais... je ne peux pas croire que tu vas faire cela. Non... non... je ne le ferai pas. Non, va te faire foutre. »

Ebony entendit les éclats de verre contre un mur et devina que Bella avait jeté son téléphone à travers la pièce. Elle frappa timidement. Il y eut une hésitation à ce moment-là. « Entrez. »

Ebony poussa la porte et sourit à Bella. La fille aux cheveux roux était assise en tailleur sur son lit, le visage couvert de larmes. Elle ne regardait pas Ebony dans les yeux.

« Est-ce que ça va, ma douce ? » Ebony alla s'asseoir à côté d'elle et Bella haussa les épaules.

« Juste ma mère fidèle à elle-même. »

Ebony jeta un coup d'œil à l'iPhone écrasé sur le sol. « Être extra-fidèle à elle-même, je dirais. »

Bella sourit à moitié. « Elle me met sur les nerfs. »

« Tu veux en parler ? »

Bella secoua la tête. « Mais merci. »

« Quand tu veux. » Ebony se leva et alla à la porte avant que Bella ne la rappelle.

« Ebony... juste... sois prudente. Les gens ne sont parfois pas ce qu'ils prétendent être. »

Ebony fronça les sourcils. « De qui parles-tu ? »

« Personne en particulier. Juste... sois prudente. »

Ebony retourna au lit après avoir regardé un Fino endormi. Le garçon avait perdu du poids et avait l'air tellement petit et vulnérable dans son lit qu'elle voulait le câliner, voulait lui promettre que rien de grave ne se reproduirait. Mais elle ne pouvait pas lui promettre ça. Elle ne pouvait pas ramener Mateo à son fils.

Tandis qu'elle rampait au creux de la chaleur des bras d'Atlas, elle ne pouvait s'empêcher de penser à cette terrible journée. Mateo, son beau visage ne comprenant pas au début ce qui s'était passé, puis compréhension et deuil et chagrin pour son fils. Ebony comprit que sa dernière pensée était pour Fino. Soudain, elle pleurait, essayant de ne pas réveiller Atlas, mais elle ne pouvait pas arrêter ses larmes. Lorsqu'elle sentit ses lèvres sur son front et ses bras se resserrer autour d'elle, elle se laissa allez en sanglotant.

Alors que ses sanglots se calmaient, elle leva les yeux sur Atlas, ses yeux déterminés. « Atlas, pose-moi à nouveau cette question. Demande-moi maintenant. »

Atlas avait l'air confus. « Laquelle ? »

Ebony sourit, mais son visage se forma avec résolution. « Oui, Atlas Tigri, je vais t'épouser. Je t'épouserai parce que je t'aime maintenant et dans un an, rien n'aura changé à cet égard. Je vais t'épouser et, ensemble, nous nous battrons pour Fino, pour nos enfants. Personne d'autre ne fera encore mal à cette famille, tu entends ? *Personne.* »

La prenant dans ses bras, le baiser d'Atlas dit tout ce que son cœur ne pouvait dire de plénitude.

CHAPITRE 18

G racie Allende éloigna les jumeaux du ventre de leur mère. « Qu'est-ce que je t'ai dit ?' » leur dit-elle pernicieusement, et Romy dut cacher un sourire. Gracie tapota doucement les jumeaux sur la tête. « Vous ne pouvez pas ramper sur le ventre de maman. Elle est malade et nous devons faire attention. »

Gracie regarda sa mère avec de grands yeux verts. « C'est vrai, n'est-ce pas, maman ? »

« Ça l'est, juste pour le moment. Jusqu'à ce que je me sente mieux. Ensuite, nous allons tous les cinq nous amuser. Dada parle déjà d'aller dans un endroit chaud pour des vacances... peut-être un endroit que tu aimerais... peut-être quelque part avec un château de conte de fées ?

Romy se mit à rire sous le charme de Gracie. Tout l'argent du monde, pensa Romy avec affection, et tout ce que ma fille veut faire c'est aller rendre visite à Mickey Mouse.

Gracie fronça les sourcils. « Penses-tu que le château a une bibliothèque ? »

« Une bibliothèque ? » demanda Romy, confuse, consciente que sa jeune fille aimait lire mais ne faisait toujours pas le lien avec Disney.

« *La Belle et la Bête* », Juno passa la tête autour de la porte et sourit à sa sœur. « Allez, Romulus, continue. »

Gracie rigola sous le surnom de sa mère et Romy roula des yeux. « Hé, les jumeaux, tu ne peux pas grimper sur maman, mais tante Juno *adore* ça. » Elle sourit en voyant l'expression de sa sœur. Gracie, prenant la blague de sa mère et marchant avec elle, remit à Juno les jumeaux. Rosa cracha aussitôt sur le pull de Juno en souriant largement ensuite, comme si elle avait réalisé quelque chose de spectaculaire.

Blue suivit sa belle-sœur dans la pièce et Romy vit dans ses yeux qu'il avait quelque chose à lui dire. « Hey, Gracie boo, pourquoi ne vas-tu pas aider Juno à nettoyer, alors elle pourrait bien te prendre un chocolat chaud ? »

Juno, tenant compte de l'allusion, acquiesça et sortit les enfants de la pièce. Blue ferma la porte derrière eux puis vint s'asseoir à côté de Romy. Il se pencha pour l'embrasser. « Hé, *Piccolo*. »

« Hé, beauté. » Elle lui caressa le visage. « Tu as l'air fatigué. »

« Cela semble être ma position par défaut ces jours-ci, alors je suis habitué. Ne t'inquiète pas pour moi, Piccolo. »

« Ce n'est pas une option », dit-elle en rapprochant son visage pour l'embrasser. « Je t'aime, grand garçon. »

Blue soupira et appuya sa tête contre la sienne. « Je t'aime aussi, bébé, ce qui va rendre plus dur ce que j'ai à te dire. »

Romy fouilla ses yeux. « Franks ? »

Blue acquiesça. « Il est libre. Atlas et moi avons des gens qui le recherchent, mais pour l'instant, tu remarqueras une sécurité accrue. »

« Tant que les enfants et vous êtes en sécurité, c'est tout ce qui m'importe. » Romy bougea et grimaça lorsque ses muscles abdominaux déchirés se contractèrent douloureusement. Blue posa doucement sa main sur son ventre.

« Mon Dieu, Romy... j'ai juré de ne plus jamais laisser personne te faire du mal après Gaius... »

« Ce n'est pas ta faute. C'était le fait d'un homme fou, Blue, et c'est tout. En travaillant à Haven, nous avons observé les résultats d'un esprit tordu. Tellement de fois, Blue, nous aurions dû nous attendre à ce que quelque chose de la sorte se produise. »

Blue ferma les yeux. « Je sais que ce n'est pas bien de penser ça, mais l'idée que tu retournes travailler là-bas... »

« Mais, tu ne vois pas, c'est exactement la raison pour laquelle je dois retourner à Haven. Ils ne vont pas gagner. »

Blue la regarda avec des yeux malheureux mais acquiesça. « Tu es mon héroïne. »

« Ha », Romy sourit à son mari. « Eh bien, dès que je vais mieux, tu peux me montrer à quel point tu m'admires toute la nuit, toutes les nuits. »

Bleu rit. « Ça, mon amour, c'est une garantie. Femme sexy. »

« Oui, vraiment sexy dans ma chemise de nuit en sueur et avec mes cheveux gras. Je tuerais pour une douche. »

« Peut-être un peu de temps avant que cela se produise, bébé. » Il lui toucha les cuisses. « Comment vont tes douleurs ? »

« Encore là, mais moins, je pense. Au moins, je peux bouger mes jambes. J'ai eu de la chance. » Romy regrettait ses paroles dès qu'elle vit la douleur sur le visage de Blue.

« *Chance* », il s'étouffa et lutta pour contenir son émotion. Romy emmêla ses doigts dans ses boucles noires et l'attira près d'elle.

« Je me suis mal exprimée », murmura-t-elle, ses lèvres contre les siennes. « Je veux juste dire... je suis toujours là. Je suis toujours avec vous. »

« Tu le seras toujours », grommela-t-il, encadrant son visage de ses mains. « Je ne te perdrai jamais plus de vue après cela, mon amour, ma vie. »

EBONY NE PUT s'empêcher de trembler alors qu'elle tenait le bras de son frère. On la stabilisait et la forçait à le regarder. « Tu n'es pas obligée de le faire, Ebs. Nous pouvons aller dans cette salle d'audience et dire à Atlas que c'est trop tôt, ou que tu n'es pas prête. Il suffit de dire le mot. »

Ils se tenaient dans le couloir de l'hôtel de ville et, dans quelques instants, Ebony rejoindrait Atlas devant le juge et se marierait. Elle prit une profonde inspiration et jeta un regard noir à son frère. « Je suis prête, *Monsieur Je-me-suis-marié-après-trois-semaines.* »

Obe sourit, haussant les épaules avec gentillesse. « Je vérifie juste, sœurette. Je ne pourrais pas être plus heureux pour toi, je veux juste m'assurer que tu le fais pour les bonnes raisons. Avoir un enfant en dehors du mariage n'est pas un problème de nos jours. »

« Ce n'est pas à cause de cela », Ebony se sentit coupable qu'elle et Atlas n'avaient dit à personne que le bébé n'était pas le sien. « C'est parce que nous nous aimons et que le fait d'avoir une famille solide pour Fino nous aidera dans notre procès. Toutes les bonnes raisons. »

« Alors tout le pouvoir à vous deux. Vous êtes prête ? »

Ebony hocha la tête et ils allèrent ensemble dans la salle d'audience. Ebony lissa sa robe sur ses genoux, une robe à thé crème simple mais élégante qui faisait ressortir les tons dorés de sa peau. Un seul hibiscus écarlate placé derrière son oreille et elle ne portait aucun bouquet.

Atlas, glorieux dans un tailleur bleu foncé, sourit largement en la voyant marcher vers lui. Lorsqu'elle l'atteignit, il serra la main d'Obe et se pencha pour embrasser la joue de sa fiancée. « Tu as l'air sensationnel, bébé. »

Le bleu marine du costume faisait ressortir ses cheveux noirs et ses yeux vert clair et Ebony soupira à la vue de cette beauté physique parfaite. Cet homme beau comme un dieu était sur le point d'être *son* mari et elle pouvait à peine le croire.

Fino, la gratifiant d'un sourire sincèrement heureux pour la première fois depuis des semaines, se tenait à côté d'Atlas comme son homme d'honneur. Ebony se pencha pour embrasser la joue du garçon. « Très beau garçon. »

Les vœux du mariage s'étaient terminés en un clin d'œil, mais elle s'en fichait, Atlas l'embrassait avec tant d'adoration et elle savait sans l'ombre d'un doute qu'elle avait pris la bonne décision.

Elle jeta un coup d'œil à son nouveau mari quand ils sortirent. « Notre famille » était tout ce qu'elle avait dit et Atlas, souriant, acquiesça.

« Vous êtes tout pour moi. »

Juno, Obe, Bella et Fino se joignirent à eux pour un déjeuner de fête. Stanley, toujours à New York, lui avait adressé ses meilleurs vœux. Blue et Romy avaient appelé Ebony le matin même.

Ebony était assise à côté d'Atlas, son bras enroulé autour d'elle, incapable de s'empêcher de se sourire. « Atlas, Fino... je voulais partager cela avec toi », dit-elle, « mais je pensais que j'attendrais jusqu'à maintenant, au cas où l'un de vous deux trouvait s'en trouvait contrarié. »

Elle ouvrit le médaillon de son collier et leur montra à tous deux la photo de Mateo qu'elle y avait placée. « Je voulais que ton père, ton frère fassent partie de notre journée. Il sera toujours avec nous, Fino, et si nous avons la chance de devenir tes parents adoptifs, nous ne chercherons jamais à le remplacer, mais continuerons sur la lancée fantastique comme il t'élevait. "

Fino hocha la tête, les yeux remplis de larmes. Il se leva et la prit dans ses bras. Atlas lui sourit, ses yeux magnifiques brillaient vers elle.

« Parfait, bébé. Merci. »

« Oh ! » s'exclama Bella, surprenant tout le monde. « Désolée », elle sourit timidement, « c'est juste que j'ai confectionné à la maison des confettis, et bien sûr, je les ai oubliés. »

Ebony éclata de rire. « Nous pouvons les utiliser pour autre chose, ne t'inquiète pas. »

Un des membres du personnel de la sécurité parlait dans son téléphone. L'attention d'Atlas fut également attirée.

« Et si on continuait cette fête à la maison ? » Il posa la question à la légère, mais ils furent tous avertis du fait que même en un jour aussi heureux, ils étaient tous toujours en danger.

Alors qu'ils se levaient pour partir, un brouhaha commença près de l'un des gardes et un homme vêtu d'une tenue sévère. « Je dois porter ceci à Mme Verlaine. » Il agita une enveloppe, mais le garde du corps ne le laissa pas s'approcher d'elle. Il fouilla l'homme puis regarda Atlas qui hocha la tête. Le nouveau venu, l'air ennuyé, se dirigea vers eux. « Mlle Verlaine. »

« Mme. Tigri maintenant », dit Ebony froidement, « mais oui, c'est moi. »

L'homme lui tendit l'enveloppe. « Félicitations, à la fois pour votre mariage et pour votre citation à comparaitre. Passez une bonne journée. »

Il quitta la fête stupéfait et sortit du restaurant, jetant un regard noir sur le garde du corps.

Ebony ouvrit l'enveloppe et lut la lettre. « Que se passe-t-il ? »

« Qu'est-ce qu'il y a, bébé ? »

Ebony leva les yeux vers Atlas, confuse. « C'est Cormac. Il exige un test de paternité. »

« Pour Fino ? »

Elle secoua la tête. « Non... pour le bébé. Il pense que tu n'es pas le père. »

Atlas fixa Ebony et ils partagèrent le même sentiment d'effroi imminent. Comment Cormac savait-il... et que ferait-il quand il découvrirait qu'il avait raison ?

CHAPITRE 19

« P eut-il me faire faire ça ?' » demanda Ebony à son avocat, la voix tremblante.

« S'il peut nous prouver qu'il a de bonnes raisons de penser qu'Atlas n'est pas son père. Il essaie peut-être de prouver que vous êtes un opportuniste, que vous prétendez que M. Tigri est le père qui pourrait persuader le tribunal de penser que vous êtes une famille et que vivre avec vous serait ce qu'il y a de mieux pour Fino. »

« *Putain*. » cracha Atlas qui se leva, faisant les cent pas derrière le fauteuil d'Ebony. « Ebony n'est pas une croqueuse de diamants, et en ce qui me concerne, c'est notre enfant qui grandit en elle. Comment Cormac a-t-il pu se douter, putain ? »

Ebony gémit. « Il a dû être à l'écoute quand j'ai eu le scanner à l'hôpital. Putain, pourquoi cela ne m'a-t-il pas traversé l'esprit ? »

« Ce n'est pas ta faute, chérie. Bon sang, il va s'abaisser à n'importe quoi. »

« Eh bien, nous avons une audience préliminaire pour déterminer s'il peut vous forcer à le faire. Je doute fort que le juge l'accepte, mais nous devons examiner les requêtes. Si vous êtes prête à assister à l'audience, ce sera bon pour vous. Coopérez, montrez que vous n'avez rien à cacher. Cela renforcera notre cause. »

. . .

LE JOUR de l'audience eut lieu moins d'une semaine plus tard. Ebony, gênée par les nausées matinales, tint la main d'Atlas alors que l'avocat de Cormac exposait sa demande pour qu'Ebony subisse un test de paternité. Ebony était consolée de voir le scepticisme sur le visage du juge et quand il arrêta l'avocat, son cœur ne fit qu'un bond. *Il va arrêter tout ça...*

« Si je peux demander directement à M. Duggan », dit le juge d'un ton égal, « M. Duggan, pourquoi diable l'enfant de Mme Tigri aurait-il un rapport avec cette affaire ? Cela semble être une tentative désespérée de votre côté pour embarrasser une future mère sans autre raison que la méchanceté. Pourriez-vous clarifier vos raisons ? »

Cormac se leva. « Bien sûr, votre honneur. Je peux vous assurer qu'il n'y a pas de malice de ma part. Je cherche seulement à connaître la paternité de l'enfant. »

« Pour quelle raison ? »

Atlas fit un bruit dégoûté, mais alors que Cormac se tournait vers eux, Ebony vit autre chose dans les yeux de Cormac. Triomphe.

« Parce que, Votre Honneur, j'ai de très bonnes raisons de croire que l'enfant que Mme Tigri porte... est de moi. »

Ebony haleta et Cormac sourit. « C'est vrai, Ebony. Ne te souviens-tu pas de notre petit rendez-vous, il y a presque deux mois maintenant ? À la Nouvelle-Orléans ? Dans ce... club spécialisé, faute d'une meilleure description ? Toi et moi avons fait l'amour, et maintenant je crois que c'est mon enfant grandit dans ton ventre. »

« Tu mens », parvint à articuler Ebony alors qu'Atlas se levait, enragé.

« Oh, je pense que tu sais que je dis la vérité, Ebony. Atlas, tu dois accepter le fait... tu as épousé une *pute.*

Cormac sourit, sachant exactement ce que ferait Atlas ensuite... et Atlas ne le déçut pas, se jetant sur Cormac. Le tribunal était aux abois, les équipes de sécurité traînant Atlas, le séparant de Cormac. Ebony chercha à atteindre Atlas, mais il se libéra de son emprise.

« Ne me touche pas », lui cracha-t-il. « Ne viens plus jamais près de moi...tu viens de me perdre, mon neveu.... *je ne veux plus jamais te revoir*... » Ses yeux étaient fous, son visage crispé de rage.

Le choc était si puissant qu'elle s'immobilisa un instant. Puis Ebony repartit et sortit de la salle du tribunal, trop engourdie pour courir, elle traversa les couloirs à l'aveuglette, en passant devant des badauds, en sortant de l'immeuble sous une pluie battante. Rongée de chagrin et de culpabilité, elle continua de marcher sous la pluie torrentielle. Et à travers tout cela, la réalisation se répétait continuellement dans son esprit.

Cormac Duggan était le père de son enfant, elle le savait au fond et Atlas ne lui pardonnerait jamais. Elle avait tout perdu...

STANLEY DUGGAN EMBRASSA sa belle-fille alors qu'il rentrait dans le manoir. « Où est-il ? »

« En haut. Il est... brisé, Dada. C'est la seule façon pour moi de le décrire. » Bella soupira et serra ses bras autour de son corps svelte. « Nous ne trouvons Ebony nulle part. Elle a semé sa protection et a disparu dans la ville. Juno et Obe la cherchent. »

« Et Fino ? Est-il là ? »

« Oui, mais il sait que quelque chose ne va pas. Il continue de réclamer Ebony... Je ne sais pas quoi lui dire. »

Stanley soupira. « Peut-être que tu devrais le sortir, le distraire. »

« J'y ai pensé aussi. Nous pourrions aller à l'aquarium, je sais qu'il aime ça. »

Stanley lui sourit. « Ta mère a décidé de rester à New York pendant un moment, Bella. »

« Dieu merci. »

Stan rit doucement en la serrant dans ses bras. « Les familles sont rarement, si jamais, simples, Bella chérie. Ta mère t'aime comme elle sait le faire. »

Bella roula des yeux. « Va voir Atlas, Dada. Je vais sortir Fino. »

« Merci ma fille. »

. . .

ATLAS REGARDAIT par la fenêtre de sa chambre lorsque Stanley entra dans la pièce. « Si tu es ici pour me faire une leçon sur mes responsabilités, je ne me fatiguerais pas si j'étais toi », prévint Atlas en voyant Stanley.

Stanley soupira. « Je ne suis pas ici pour faire la morale à qui que ce soit, mon fils. » Il s'assit au bout du lit d'Atlas et passa sa main sur sa tête chauve. « Mais il y a une jeune femme, effrayée, en détresse et enceinte. »

« Ce n'est pas mon enfant. »

« J'ai compris que tu le savais depuis le début. Alors, pourquoi est-ce que cela fait une différence que c'est peut-être l'enfant de Cormac ? »

Atlas regarda Stanley pendant un long moment. « De ma vie, je ne comprendrai jamais comment tu aurais pu produire un fils comme Cormac. Il est petit, vindicatif... et il m'a tout pris. Penses-tu que les tribunaux vont maintenant m'accorder la garde ? Il savait exactement ce qu'il faisait, il savait que je l'attaquerais. »

« Je te pose encore une fois la question... donc c'est son enfant. Je suppose qu'Ebony ne savait pas ? »

Atlas hésita. « Je ne sais pas. Je ne sais plus en qui je peux avoir confiance. »

« Moi si. » Stanley se leva et posa sa main sur l'épaule de son beau-fils. « Tu peux faire confiance à la femme qui nous a tous soutenus lorsque ton frère a été assassiné. La femme qui a passé toute la nuit avec Fino, le tenant dans ses bras, lui parlant, essayant de l'aider à intégrer le décès de son père. La femme qui a transformé toute sa vie pour être avec toi. La femme qui supporte tes *envies* désespérées lorsque tu essaies d'enterrer ton chagrin », dit Stanley, en s'assurant qu'Atlas comprenait que son comportement n'était pas passé inaperçu. « La femme qui portait un médaillon avec la photo de ton frère à son mariage afin qu'il puisse faire partie de votre journée – oui, Bella me l'a dit. »

Le visage d'Atlas prit une expression neutre et Stanley l'observa, incapable de lire son humeur. « Ebony Verlaine t'aime, Atlas. Elle aime Fino, Bella, même moi et Vida. Elle est entrée dans nos vies quand nous ne savions même pas que nous avions besoin d'elle. Peux-tu imaginer nos vies sans elle maintenant ? »

Il y eut un long silence, puis « Non. »

« Moi non plus. Viens, allons en bas et discutons de la façon dont on peut la trouver. Parce que ce comportement, mon fils, n'est pas celui d'un homme. Et ce n'est pas le tien. »

BELLA GARA la voiture sur le parking du restaurant et sortit. Fino, tirant son manteau sur sa tête, sembla confus. « Ce n'est pas notre endroit habituel. »

Nerveusement, Bella l'attira vers elle. « Non, je pensais que nous allions essayer quelque chose de nouveau. C'est bon, dit-elle à l'agent de sécurité avec lui, tu peux attendre ici. »

Le garde du corps avait l'air sceptique. « Mes ordres étaient de... »

« Et je te dis que tu peux attendre ici. » Bella le fixa, puis prenant la main de Fino, ils entrèrent dans le restau. Fino fut immédiatement séduit par le look rétro de la salle.

« C'est trop cool. »

« Bien, trouvons une table et nous commanderons de la nourriture, hé, sport ? » Bella lui sourit, même si son cœur battait à tout rompre. C'était le plan. *Fais venir le garçon au restau, fais-le entrer dans les toilettes...*

Bella déglutit difficilement. *Pourquoi est-ce que je fais cela ?* La sueur glissait sur ses mains, mais alors, comme Fino s'écriait, elle ressentit un choc.

« Ebony ! »

Bella se retourna pour voir Fino courir dans les bras d'Ebony alors que l'autre femme se glissait de son siège, cachée dans un coin, pour saluer le garçon. Ebony semblait fatiguée et quelque peu désorientée, et Bella sentit un pincement de culpabilité, mais réalisa ensuite que c'était même mieux. Elle avait un bouc émissaire.

Elle salua Ebony avec un câlin. « Tout le monde te cherchait. »

Ebony semblait au bord des larmes. « Je ne sais pas où aller, quoi faire. Il me déteste, Atlas me déteste. »

« Non. » Bella la fit asseoir, un Fino anxieux se blottit à côté d'Ebony. « Écoute, laisse-moi te prendre un café chaud... Fino, as-tu besoin d'aller aux toilettes ? »

Il acquiesça. Ebony lui prit la main. « Je vais l'emmener. »

Bien, c'était bien... sauf...

Que ferait-*il* à Ebony ? L'homme qui voulait Fino, l'homme qui la faisait chanter. Lui. Est-ce qu'il tuerait Ebony ?

Les mains de Bella se crispèrent, mais elle fit un signe de tête et se détourna quand ils retournèrent dans les toilettes. Elle se pencha vers la serveuse. « Peut-on avoir deux tasses de cafés, s'il vous plaît ? »

« Bien sûr, je les amène tout de suite. »

Bella entendit la porte s'ouvrir et vit son garde du corps se diriger vers elle. « Désolé, Mademoiselle, je viens de vérifier auprès de M. Tigri. Il ne veut pas que vous soyez seuls. » Il regarda autour de lui. « Où est M. Tigri Junior ? »

« Aux toilettes », dit-elle avec désinvolture. « Nous avons rencontré Mme Tigri. Ils sont tous les deux à l'intérieur. »

La serveuse apporta le café et, d'une main tremblante, Bella le sirota. Il n'y avait pas de bruit, pas de remue-ménage dans les toilettes – mais ni Ebony ni Fino ne revenaient. Après quelques minutes, le garde du corps se dirigea vers les portes. Bella se leva, feignant la surprise alors qu'il sortait, aboyant des instructions dans son téléphone. « Qu'est-ce que c'est ? Qu'est-ce qui ne va pas ? »

Le garde du corps la fixa, ses yeux essayant de lire les siens. « Il y a du sang dans la salle de bain, mais aucun signe de Fino ou d'Ebony. Ils ont été pris. Ils sont partis. »

CHAPITRE 20

Qu'entends-tu par 'partis' ? Comment as-tu pu laisser faire une telle chose ? »

Il y a longtemps de cela, Atlas était un homme distingué, à présent, tout ce qu'il faisait, il le faisait avec rage, il était furieux, contre le garde du corps, il lança un coup d'œil à Bella.

Elle détourna son regard de lui « Je suis désolée, monsieur, je les ai perdus de vue juste quelque minutes.»

Atlas se frotta le visage et se retourna, les poings fermés. Il était évident que tous ceux qui étaient présents ici à cet instant savaient qu'il était très en colère, et que sa colère était due à la manière dont il avait traité sa nouvelle femme.

Comment ai-je pu la traiter ainsi ? Qu'est ce qui ne va pas chez moi ?

La peur lui obstruait la poitrine, pourtant il évitait de penser qu'il ne la reverrait plus. Cette idée devait à tout prix sortir de sa tête, sinon il ne vivrait pas assez longtemps pour ramener sa femme à la maison – sa femme et son neveu – et passer tout le reste de sa vie à s'excuser.

Stanley se racla la gorge « Regardez, la police arrive... je crois que nous savons déjà qui est derrière toute cette affaire. »

« Frank Carson », gémit Atlas. « Mon dieu, comment diable a-t-il su où ils étaient ? Et comment Ebony s'est-elle retrouvée au même restau que lui ? Seigneur... »

Bella semblait misérable. « Je suis désolée, Atlas. »

Il ne répondit pas. Stanley tapota sa fille dans le dos. « Pourrais-tu aller nous faire un café, ma chérie ? »

Bella disparut de la pièce. Le garde du corps se racla la gorge. « Monsieur, monsieur Duggan, je crois que vous devriez savoir tous les deux qu'elle a insisté pour y aller, seule, au restau. Il n'est pas question de raconter des histoires ou de faire des reproches – c'est de mon entière responsabilité, mais elle a plutôt été insistante. »

« Bella ne les aurait pas volontairement mis en danger », dit Stanley, mais Atlas pouvait apercevoir le doute dans sa voix.

« Pourquoi ferait-elle une chose pareille ? Non, je ne crois pas que Bella puisse avoir quelque chose à voir avec ça, elle adore Fino et Ebony. »

Les épaules de Stanley s'abaissèrent. « Merci, Atlas. Merci de le dire. Mais cela n'explique pas comment Frank a pu les localiser. »

« Frank Carson a des ressources illimités », souligna Atlas. « Il nous a probablement fait tous suivre. Peut-être qu'il a saisi l'opportunité, lorsque Ebony a quitté le palais de justice. »

« Qu'est-ce qu'il espère d'eux ? Il ne peut pas les garder contre une rançon. »

« Ce n'est pas de l'argent dont il a besoin, mais il peut les utiliser pour en tirer profit, comme issue de secours ou pour sortir du pays. Il sait qu'il n'a plus rien à faire ici et que, s'il est pris, il passera le reste de sa vie dans les couloirs de la mort. Merde ! Je ferai mieux d'appeler Blue, qu'il soit au courant de ce qui se passe. »

« Premièrement », dit une voix colérique depuis la porte « tu peux me dire ce qui se passe, où se trouvent mon neveu et la mère de *mon* enfant ».

Atlas vit la colère, la peur sur le visage de son demi-frère, très répugné, et il reçut le second choc de la journée. Celui-ci était plus plaisant quand il réalisa que pour la première fois, son frère et lui étaient d'accord sur une même chose : que Ebony et Fino rentrent sains et saufs.

« *Non*. Oh, mon Dieu. » Romy avait l'air choquée quand Blue lui parla de l'enlèvement. « Blue, c'est un psychopathe, il tue les femmes. Il va assassiner Ebony, qu'elle lui dise ou pas qu'elle est enceinte. Et Fino... mon Dieu, ce pauvre garçon. »

Elle sera très fort sa fille Gracie et, sa fille s'accrocha à elle. « Ne pleure pas, maman. Les policiers vont retrouver Ebony et Fino. »

Romy ferma les yeux et soupira, elle appuya son visage contre les boucles douces de sa fille. « Bien sûr qu'ils le feront, ma puce. Merci. »

« Je ne devais pas te le dire devant... » Blue s'excusa, inclinant la tête vers sa fille. « C'était juste un choc. Tu es en sécurité ici. Les enfants aussi le sont. Ainsi que ta famille – Stuart a pris des dispositions pour que tout le monde soit en sécurité et l'hôpital est en état d'alerte. » Il soupira. « Mon Dieu, je veux que tout ceci finisse et je me sens impuissant face à tout cela. »

« Tu fais ce que tu peux, bébé. Je prie juste que la police retrouve vite Ebony et Fino. »

Blue se pencha et l'embrassa. « Je vais maintenant appeler Atlas. Ça va aller ? »

« Bien sûr », elle lui sourit. « J'ai mon petit garde du corps ici. »

Gracie rigola quand sa mère la chatouilla et, Blue sourit. « Je reviens tout de suite. »

Blue sentit la douleur dans la voix d'Atlas et dans son cœur, il savait qu'il passerait son temps à donner des coups de pieds sans fin contre le mur. Si je peux faire quoi que ce soit pour toi, n'importe quoi ne l'oublie pas, il suffit juste de demander. Peu importe ce que ça coûtera, et ce que c'est, tu te souviendras de cela n'est-ce pas ? »

« Merci, Blue. » Atlas baissa la voix. « Cormac est ici et je n'ai pas le courage de le mettre dehors. Il est hors de lui. Je ne l'ai jamais vu aussi... humain. »

« Peut-être que des choses comme cela remettent tout en cause. »

« Peut-être Blue. »

« Non », intervient Blue. « Ce que tu as fait était inacceptable, mais ça se pardonne. Tu les retrouveras tous les deux et tu feras le nécessaire pour eux, surtout pour ta femme. »

« Qu'est ce qui m'est passé par la tête ? » murmura Atlas. « Ce n'était pas du tout moi dans cette cour. Je n'aurai jamais... »

« Tu ne le pensais pas », répondit brusquement Blue. « Tu es tombé dans un abîme de désespoir depuis la mort de Mateo et il est temps que tu sortes de là, Atlas. Ta famille qui vit encore a besoin de toi mon ami. »

Il y eut un long silence, puis Atlas se racla la gorge. « Je m'en sortirai », grinça-t-il « mais je n'ai pas encore entendu parler de Franks... la police a dit que je devais m'attendre à ce qu'il essaie de me joindre. Je veux juste qu'il libère Ebony et Fino, je me fiche de savoir s'il va s'échapper. »

« Oui, c'est ça, » dit Blue avec de la colère dans sa voix. « Parce que ce n'est pas la fin. Il a poignardé ma femme et menacé mes enfants, et ta famille. Il a assassiné ton frère. Il ne recevra pas gratuitement de laisser passer. »

« Je suis d'accord », dit Atlas, d'une voix épuisée « mais je ne sais pas quoi faire. Et autre chose... Je pense que Bella pourrait être impliquée. »

Cela contraria Blue au plus profond de son être. « Non, il y'a aucune chance qu'elle le soit, Atlas. Bella adore Fino ; elle ne le mettrait jamais en danger. »

« Nous verrons bien. Écoute je dois y aller, j'attends cet appel. Romy va bien ? Tes enfants sont-ils en sécurité ? »

« Oui, tout va bien, ne t'inquiète pas pour nous. Mais si tu as besoin de quelque chose, appelle-moi, mec. J'assure tes arrières. »

« Merci, frère. A plus tard »

Blue raccrocha et s'appuya contre le mur, épuisé. Un seul homme est responsable de toute cette horreur. Blue savait que si Carson Franks était devant lui, il n'aurait aucun mal à mettre fin à la vie de cet homme. Il souhaitait même que Franks puisse se montrer à l'hôpital afin que lui, Blue, puisse le punir pour ce qu'il avait fait à Romy, à Mateo. Il avait pourtant mis Atlas en garde, du fait de ne pas se laisser dévorer par la colère, il devait donc suivre son propre conseil.

Blue soupira et s'éloigna du mur pour regagner la pièce où, se trouvait sa famille, heureusement, en toute sécurité.

ELLE ÉTAIT certaine que c'était un rêve... ou un cauchemar, pour être plus exact. Elle était attachée à un énorme tuyau, assise sur du béton dur et froid, les vêtements tous trempés, la tête résonnant de douleur. Elle ouvrit les yeux et vit l'homme qui riait, le visage déformé par la malveillance, un air vicieux et un couteau à la main.

S'il te plaît ne me tue pas, ne tue pas mon bébé...

Elle résista à l'envie de s'évanouir à nouveau. Elle ressentait un petit corps coincé à côté d'elle, entendait ses petits cris.

« Tais-toi, gamin, ou je vais poignarder ta maman. »

Maman ? faisait-il allusion à elle ? « Ebony ? Ebony » elle reconnut cette douce voix...

« Fino ? »

Elle entendit son soupir de soulagement. « Ebony, ça va ? »

« Ça va, bonhomme. » Au moins sa bouche parlait encore, même si elle avait l'impression que sa tete avait explosé, et que sa voix avait un drôle de son. « Où sommes-nous ? »

« Je ne sais pas »

Elle ouvrit grand les yeux, tout en luttant contre les taches sombres qui bordaient son regard. Fino, ses grands yeux écarquillés, effrayés, était enroulé à côté d'elle, les bras serrés autour de sa taille. Leur ravisseur, un bel homme, les observait.

Carson Franks. Il devait s'agir de lui. Il lui sourit. « Bienvenue, madame Tigri. C'est un plaisir de vous rencontrer enfin. »

« Laisse partir Fino », lui dit immédiatement Ebony, « prends-moi, et laisse-le s'en aller. »

Frank grimaça. « Oui, parce que c'est *toi* qui commandes ici, ma belle. » il se précipita près d'eux. « Écoute-moi, le père du morveux va me trouver un avion privé, ensuite je le laisserai partir. Toi en renvanche... eh bien, j'ai besoin de faire un peu de sport. Ceci », il leur montra le couteau, « n'a pas beaucoup travaillé depuis le joli docteur. Je laisserai ton corps dans l'avion de Tigri. »

« Non ! » Lui cria Fino. « Non, ne lui faites pas de mal. Elle est enceinte. »

Frank sourit. « Je m'en fiche, garçon. Hurle-moi encore dessus comme ça, et je te coupe la langue. »

Fino se recroquevilla contre Ebony et elle le prit dans ses bras. « Toi, espèce de pathétique petite *merde*, gronda-t-elle à Franks. Petit garçon riche et gâté. Ton tour viendra, Franks, crois-moi. »

Le visage de Frank Carson était envahi par la rage, il lui saisit le visage, son doigt pénétra profondément dans ses joues. Ebony grimaça quand Carson écrasa sa bouche contre la sienne. Elle mordit sa lèvre inférieure, puis hurla de douleur alors qu'il entaillait sa côte avec son couteau. Ebony sentit la lame d'acier traverser sa peau.

« Ce qu'est une petite blessure, ma belle », cria-t-il, « la prochaine fois, ça ira dans ton ventre... tout le long. »

Il se leva et les laissa dans la petite pièce, en claquant la porte derrière lui. Ebony retint l'envie de gémir, et Fino, enleva son pull, et pressa encore la blessure sur son côté. Elle lui offrit un sourire de gratitude. « C'est juste une égratignure, chéri. »

Il se rapprocha d'elle. « Je t'aime, Ebony. »

« Je t'aime aussi, mon grand garçon. Nous allons sortir d'ici, je te le promets. Au moins tu es là mon précieux petit », se dit-elle. Ce tout ce dont elle pourrait avoir à s'inquiéter sur le moment : éloigner Fino du psychopathe Franks. La pièce dans laquelle ils se trouvaient était petite et humide, avec une fenêtre très haute dans le mur. En se tenant sur ses épaules, Fino pourrait l'atteindre, mais même de là où elle était, elle pouvait remarquer qu'elle était verrouillée. Peut-être que s'ils pouvaient briser la vitre...

La porte s'ouvrit et une autre personne entra : c'était un jeune garçon nerveux, transportant un plateau de sandwichs et des bouteilles d'eau. Il posa le plateau sur le sol et le glissa vers eux.

« Le chef dit de manger et de boire. »

Ebony hocha la tête et sourit. « Je vous remercie. Pouvez-vous ouvrir cette fenêtre, pour laisser passer de l'air ? C'est très humide ici. »

Bon, cela valait la peine de demander ; mais le garçon secoua la tête. « Désolé. » Il s'en alla et Ebony entendit la porte se refermer derrière lui.

« Fino, mange un sandwich, s'il te plaît. »

« Si seulement tu le manges aussi. »

« J'essaierai. »

Le problème était qu'elle avait mal au ventre. De retour du restau, lorsqu'ils avaient été enlevés, on lui avait placé un morceau de chiffon avec des produits chimiques sur le visage, et, elle avait perdu connaissance. Elle pouvait encore ressentir ce gout âcre et, son estomac se mit à gargouiller. En plus de cela, la douleur de la petite blessure lui donnait l'impression d'être malade. Elle prit quelques bouchées pas très enthousiastes du sandwich et de l'eau, puis, allant un peu mieux, elle finit le sandwich.

Il était clair que la nourriture ou l'eau qu'on leur avait données, étaient droguées, Fino, puis Ebony, après avoir mangé s'étaient évanouis.

Carson Franks les regardait allongés, inconscients, et sourit. « Il est temps d'appeler Tigri, je vais, voir combien il compte me donner pour récupérer sa femme et son neveu. »

L'autre homme, le jeune garçon, Rex, acquiesça. « Tu vas alors les libérer tous les deux ? »

Carson se mit à rire. « Aucune chance. Oh, le garçon, je m'en fiche. Nous allons jeter son corps dans l'océan, mais la fille... elle est toute à moi... et son corps, nous le renverrons à Tigri pour qu'il sache qu'on ne plaisante jamais avec Carson Franks... »

CHAPITRE 21

J ohn Halsey se leva de la chaise de son bureau et regarda les trois hommes. « Tu me comprends, n'est-ce pas ? Pas d'héroïsme, pas de mission d'autodéfense. Laissez-nous arranger cela, ou vous risquerez de tout perdre. »

Les trois hommes le regardèrent. Atlas Tigri, Blue Allende – et leur compagnon improbable, Cormac Duggan – ils avaient tous la même expression sur le visage : ils étaient sceptiques. John Halsey soupira.

« Je me rends compte que les hommes de votre position croient que l'argent peut résoudre tous les problèmes – l'argent ne peut pas tout résoudre. Vous donnez le moindre sou à Franks et vous ne reverrez jamais Fino ou Ebony. »

« Tout ce qui nous intéresse, c'est de retrouver Ebony et Fino et de les ramener en toute sécurité », déclara Atlas, mais lui-même savait qu'il y avait plus que ça. Tous ceux qui étaient présents dans cette pièce ne souhaitaient rien de plus que dépecer Carson Franks membre par membre et à mains nues, et cela, Halsey pouvait le deviner.

« Très bien, promettez-moi juste une chose... vous n'allez rien faire pour entraver notre enquête, mettez-moi au courant de tout. » Il les corrigea avec un regard dur. « Peu importe les circonstances, si vous vous mettez au travers de notre chemin, je vous arrêterai pour entrave à la justice. Ne faites pas justice vous-même. »

« Inspecteur, nous sommes des hommes du monde », dit Blue, d'un air un peu irrité, « et nous avons les moyens nécessaires pour explorer toutes les pistes... et c'est ce que nous faisons. »

« Très bien. Tout ce que je vous demande, c'est de ne pas prendre de risques inutiles. »

« Aucun de nous n'est amateur, inspecteur. » Cormac Duggan était le plus arrogant des trois, se dit Halsey, et le plus énervant. Il pouvait comprendre la douleur de Tigri et Allende : ils avaient traversé l'enfer. Mais cet homme...

« M. Duggan, je comprends la raison pour laquelle M. Tigri et le Dr Allende sont ici. Et vous, pourquoi êtes-vous là ? »

Après un long silence, Duggan lança un coup d'œil à Atlas, puis celui-ci soupira. « Il est là parce que c'est lui le père du bébé d'Ebony et qu'il m'attaque également en justice pour la garde de Fino. » Il disait tout cela d'une voix morte et Cormac semblait assez honteux.

« Tout ce qui me préoccupe, en ce moment », dit-il tout doucement en s'adressant directement à Atlas, « c'est que nous les retrouvions sains et saufs. Les autres choses... peuvent attendre. Nous pourrons reprendre nos disputes habituelles quand ils seront de retour sains et saufs. »

Atlas l'étudia pendant un long moment, puis acquiesça sèchement.

John Halsey soupira et secoua la tête, tout en indiquant que la réunion était terminée. « Je vous tiendrai au courant, messieurs. Souvenez-vous de ce que je vous ai dit. »

À l'extérieur du bureau, Cormac se tourna vers eux. « Je serai en contact avec vous dès que mes hommes auront trouvé quelque chose. Puis-je vous demander de faire la même chose ? »

« Exactement. »

Atlas acquiesça. « Passe à la maison plus tard si tu peux. Nous devons tous être réunis. » Atlas ne pouvait pas croire ce qu'il disait, mais c'était le cas. Il avait désespérément besoin de son frère à cet instant, il voulait se sentir réconforté et en l'absence de Mateo, il accepterait même Cormac.

Il se devait d'être juste – c'était l'enfant de Cormac qu'Ebony portait en son sein. Après l'avoir perdue dans la salle d'audience, Atlas s'était suffisamment calmé pour écouter l'avocat de Cormac expliquer les circonstances de la conception et faire correspondre les dates et les faits. Stanley lui avait parlé après qu'il soit rentré chez lui, après des heures passées dans les rues de Seattle à la recherche de sa femme.

Maintenant, elle est partie et les dernières paroles que je lui ai dites étaient des paroles dures et insultantes. Mon Dieu, Ebony, je suis vraiment désolé. Je vais tout faire pour me faire pardonner d'une manière ou d'une autre, bébé. Je te le jure. Faites que tu ailles bien.

Atlas rentra chez lui, maintenant, dans une maison vide. Il alla dans la chambre de Bella mais ne trouva personne. Il soupira. Bella avait tout fait foirer, mais il ne pouvait pas croire qu'elle l'avait fait volontairement. Son téléphone portable sonna et quand il décrocha, c'était Carson Franks au bout du fil, qui lui donnait les instructions pour sauver la vie des deux personnes qu'il aimait le plus au monde.

Ebony, avait compris que Carson les gardait drogués pour les empêcher de s'échapper, elle comprit que cela devait signifier qu'ils étaient toujours proches de la ville. Les droguer, les empêcherait de crier ou de trouver une issue de secours. Elle commença à cacher le repas qu'on leur donnait, et elle dit à Fino de ne manger que les côtés des sandwichs et de prendre de petites gorgées d'eau.

« Nous devons faire semblant de dormir, chéri, ils croient qu'ils peuvent parler en toute sécurité de choses que nous ne sommes pas censés entendre. Peut-être qu'ils vont dire des choses qui pourront nous aider à nous échapper d'ici. »

Elle n'avait aucune autre explication à donner à ce qui leur arrivait. Heureusement, les petites bouchées qu'ils mangèrent ne semblaient pas être droguées. Lorsque Rex entra, plus tard dans la nuit, Ebony, avait enroulé son corps autour de celui de Fino, par mesure de sécurité, comme elle l'avait toujours fait, et faisait semblant d'être inconsciente. Elle se rendit compte qu'il avait quelqu'un d'autre dans la pièce avec Rex lorsqu'elle l'entendit dire :

« Nous les gardons bien au chaud et nourris, ne t'inquiète pas. »

« Est ce qu'ils sont blessés ? »

Ebony n'en revenait pas, elle posa discrètement sa main sur la bouche de Fino lorsqu'elle le sentit sursauter de surprise. Bella ! C'était la voix de Bella. Elle voulut crier, aller l'attraper, la supplier de lui expliquer pourquoi elle les avait trahies de la sorte. Une larme coula sur sa joue et Ebony lutta pour garder son calme.

« Ils semblerait qu'ils aient froid. » La voix de Bella trembla et Rex soupira.

« Je leur apporterai des couvertures plus tard, mais, si Cormac savait que vous êtes de retour par ici, il me tuerait. »

Il y eut un silence et Ebony voulu ouvrir les yeux. Elle vit Bella qui les fixait, avec des larmes qui coulaient sur son visage.

« Ecoute, Rex, laisse-les s'en aller. Je n'aurais jamais dû accepter cela. Prends-moi à leur place. »

« Ha », renifla Rex. « Tu l'as fait pour sauver ta peau afin que personne ne sache jamais que c'est toi qui a laissé le tireur entrer dans la demeure. »

« Je ne savais pas ce qu'il prévoyait de faire ! Il a tué Mateo... » Bella se mit à pleurer. « S'il te plaît, laisse-les partir. Je te donnerai de l'argent, assez d'argent pour t'en aller d'ici, partir vivre une vie de luxe. S'il te plait, laisse-les partir, éloigne-les de Carson. »

« Non. Va-t'en, sors d'ici avant que je ne te tue moi-même. Tu es responsable de ça Bella, souviens-toi de ça. »

« Attend. Laisse-moi juste les embrasser une dernière fois. »

Avant que Rex ne puisse le lui empêcher, Bella se mit à genoux et enlaça Ebony et Fino. « Je suis désolée, je suis vraiment désolée » murmura-t-elle.

Ebony, à l'abri du regard de Rex, ouvrit les yeux et croisa le regard de Bella. « Cours », murmura-t-elle, « cours chercher de l'aide, Bella. Si tu veux arranger tout cela, sauve-nous. Au moins, sauve Fino. »

Bella ferma les yeux, et déguisa son hochement de tête en un sanglot. Elle se leva et essuya ses larmes. Ebony les regarda, Rex et elle, quitter la pièce.

Elle respira longuement et voulu dire à Fino que tout allait bien lorsqu'elle entendit les coups de feu. *Oh mon Dieu, non...*

Une seconde plus tard, ses craintes furent confirmées lorsqu'elle vit Carson entrer dans la pièce, le visage rouge et très en colère. « Putain de salope ! »

Ebony savait qu'il ne parlait pas d'elle-même, mais cela n'empêchait pas à Carson de la retourner brutalement, et de lui couper les liens, de la mettre debout, ainsi que Fino. Le pistolet dans sa main signifiait qu'Ebony ne risquait pas de l'affronter. S'il avait tué Rex et, *oh mon Dieu non,* Bella, il n'hésiterait pas du tout à les tuer tous les deux.

Carson appuya le pistolet autour du cou d'Ebony et fixa Fino. « Un faux geste gamin, et je la tue, c'est compris ? »

Fino, terrifié, ne pouvait que hocher la tête. Carson entraîna Ebony hors de la petite cellule et à travers un couloir moisi. Ebony vit le corps de Rex allongé, la moitié de sa tête manquante, elle tira Fino contre son ventre pour qu'il ne puisse pas voir cela. Alors que Carson lui tirait le bras, elle jeta un coup d'œil à sa gauche et vit Bella allongée sur le dos, les mains pincées sur le ventre, et elle crachait du sang. Pendant un instant, leurs yeux se croisèrent et Bella dit : « Je suis désolée » et resta immobile, les yeux vides. Ebony étouffa une vague de nausée mélangée à du chagrin et de la terreur.

Pendant que Carson les tirait vers la lumière du jour, Ebony et Fino se crispèrent, les yeux brûlants. « Grimpe dans la voiture. Toi, beauté, devant avec moi. Le gamin monte dans le coffre. »

« Non, je t'en prie, ne le mets pas dans le... s'il te plaît, il aura peur. »

« Ça m'est égal. » Carson saisit Fino avec un bras et ouvrit le coffre, jeta le garçon terrifié à l'intérieur et l'enferma. Ebony entendit Fino hurler.

« Fino, bébé, n'aie pas peur », cria-t-elle. « Je suis ici, juste ici... »

Carson sourit. « Il n'aura pas peur pendant longtemps. »

Il força Ebony à s'asseoir sur le siège passager et entra lui aussi dans la voiture, sans se donner la peine de l'aider à boucler sa cein-ture de sécurité. À présent qu'elle s'habituait à la lumière, elle pouvait voir qu'ils étaient hors de la ville, une ferme abandonnée le long d'un chemin de terre. Carson filait sur la chaussée, il conduisait avec une main, et de l'autre main, il pointait son arme sur Ebony, elle aperçut quelque chose du coin de l'œil et, lorsque la voiture arriva sur la route principale, une berline noire les balaya sur le côté.

La dernière chose dont Ebony se rappelait était que la voiture avait roulé et s'était écrasée contre un arbre. Puis, quelques secondes avant qu'elle ne s'évanouisse, elle entendit Fino hurler une fois encore, cette fois-ci, il semblait agoniser...

CHAPITRE 22

John Halsey annonça la nouvelle sans perdre du temps. « Ils ont été retrouvés. Ils étaient dans un accident de voiture et le conducteur qui les a heurtés a appelé le 911. Cela ne semble pas bon du tout, messieurs. Vous devez vous dépêcher d'aller à l'hôpital. »

Atlas voulait rouler très vite, il voulait rouler à 240 km à l'heure. Mais se faire tuer ne serait d'aucune utilité pour Fino ou Ebony, et il s'était juré de les protéger dorénavant.

J'arrive, murmura-t-il en luttant contre l'envie de griller les feux rouges ou les stops, les doigts blancs tellement ses poings étaient serrés.. *Attends-moi. Ne m'abandonne pas, bébé.*

À ses côtés, Cormac était là, tout aussi terrifié mais essayait tout de même de se retenir.

Au moment où ils se dirigeaient vers l'hôpital, ils échangèrent brièvement quelques paroles.

« Atlas... toi et moi n'avons jamais vraiment eu à nous regarder les yeux dans les yeux, et je pense que c'est en partie de ma faute. Je ne m'ouvre pas beaucoup, j'ai fait des erreurs dans notre rela- tion... mais bon Dieu, mec, j'adore ce garçon. Je l'adore, c'est le fils que je n'ai jamais eu – et je pensais ne jamais en avoir. Les médecins m'ont dit qu'il y avait très peu de chances que je puisse faire un enfant naturellement. » Son petit sourire était triste. « Tu peux alors comprendre pourquoi la grossesse d'Ebony est importante pour moi. » Il se frotta le visage et, à la surprise d'Atlas, il lui tendit la main et saisit son épaule. « Atlas... tout ce qui m'importe mainte-nant, c'est de savoir qu'Ebony, Fino et le bébé se portent bien. Tout le reste attendra jusqu'à ce que nous soyons sûrs qu'ils soient en sécurité. » Atlas hocha la tête, le cœur au bord des lèvres, il ne pouvait pas parler. Ils se garèrent et coururent à toute vitesse dans le bâtiment. John Halsey, qui les attendait dans le hall, leur raconta ce qui s'était passé. « Nous avions des soupçons sur l'implication de Bella, nous l'avons suivie. Elle nous a conduits directement à l'en-droit où Ebony et Fino étaient retenus, mais avant que nous puis-sions agir, Carson lui a tiré dessus et sur son complice et partit. C'est quand l'accident s'est produit – un de nos hommes a heurté leur véhicule par accident quand Franks le dépassa. » Atlas, presque fou d'inquiétude, avait du mal à se maîtriser. « Ebony ? Fino ? »

« Ebony n'avait pas mis sa ceinture de sécurité », dit Halsey sombrement. « Elle a traversé le pare-brise. Nous ignorons encore l'ampleur des dommages qu'elle a subie... ou le bébé. Les médecins pourront vous en dire plus. »

Cormac était brusquement là, tenant Atlas fermement à son biceps. « Et Fino ? »

« Il était dans le coffre », répondit Halsey, espérant que Cormac arrête de causer des bleus. « Il est bouleversé et terrifié, mais l'impact s'est produit suffisamment loin d'où il était, les ambulanciers pensent qu'il a seulement une commotion cérébrale. »

C'était au tour d'Atlas de soutenir l'homme qu'il détestait jusqu'à ce jour.

Alors qu'ils allaient s'asseoir sur des chaises voisines, avec les mêmes expressions d'angoisse sur leurs visages, Blue se précipita dans l'hôpital.

Il ne s'arrêta pas bien qu'Atlas et Cormac se levèrent d'un bond. « Je suis sur le point d'opérer », cria-t-il et poussa la porte des escaliers et disparut à l'intérieur. Sa voix se fit entendre devant la porte qui se refermait derrière lui.

« Romy est déjà là. Je viendrai vous donner de nouvelles informations dès que je pourrais. »

Ils fixaient Blue qui s'éloignait quand Halsey apparut de nouveau. Dans le chaos général, ils n'avaient même pas remarqué qu'il avait disparu.

« Tu peux venir voir Fino. Ils doivent faire des scans, mais, il veut savoir si tout va bien pour ses proches. »

Bien que le garçon soit traumatisé, la tête enserrée dans un bandage épais, il avait plutôt bonne mine. C'est terrifiant, pensa Atlas en serrant Fino près de lui avant de laisser Cormac le prendre dans ses bras. Qui savait combien d'années de thérapie il faudrait pour l'aider à éviter de faire des cauchemars à cause de ces évènements passés. Il y avait tellement de questions dans la tête d'Atlas qu'il ne savait pas par où commencer, il avait peur de submerger son neveu déjà tremblant. Cormac posa donc la question la plus difficile.

« L'homme t'a-t-il fait du mal, Fino ? » Demanda Cormac en s'asseyant au bord du lit de l'hôpital, même s'il n'était pas autorisé à le faire. « Nous savons qu'il t'a mis dans le coffre de la voiture. Mais est-ce qu'il... t'a touché ou il t'a parlé d'une manière désagréable ? »

Fino secoua la tête, heureusement inconscient du sous-entendu de Cormac, et Atlas ravala un soupir de soulagement. « Il était térrifiant, mais il ne m'a pas fait du mal. Il a blessé Ebony... il avait un couteau et il l'a coupée. Ebony a dit que ça allait, mais elle avait mal. Il y avait du sang. »

« Dieu... » Atlas se sentit pâlir. Il ne doutait pas du fait que si on ne les avait pas trouvés, Ebony et Fino seraient morts maintenant. Fino tendit sa petite main et la posa sur le visage d'Atlas. « Ne pleure pas, oncle Atlas... Ebony a dit que nous allions former une famille et je lui fais confiance. Elle s'en sortira. »

Même Cormac pleura, à la grande surprise d'Atlas. Il se leva.

« Écoute, je vais aller parler au détective... et ensuite je vais appeler mon avocat. Je laisse tomber l'affaire. En fin de compte, le bonheur de Fino, c'est tout ce qui m'intéresse. Il tourna les talons et sortit de la pièce, Atlas put remarquer la défaite s'abaisser sur ses épaules. Il regarda Fino. « Fino, est-ce que ça va aller je peux te laisser tout seul pendant deux minutes ? Je dois demander quelque chose à Cormac. »

Fino voulu protester mais acquiesça ensuite, il s'allongea sur ses oreillers et fermant les yeux. Atlas trouva une infirmière pour tenir compagnie à Fino puis alla rejoindre Cormac.

Cormac était dehors, à l'abri de la pluie, sous le auvent de l'hôpital.

« Cormac ? »

Cormac se retourna vers lui. Atlas s'approcha de lui, après quelques secondes, il lui tendit la main. Cormac la secoua. « Quelles que soient les différents que nous ayons eus dans le passé, et aussi étrange que cela puisse paraître... Fino t'aime », dit Atlas. « Ebony porte ton enfant, que cela me plaise ou non. Alors... nous devons trouver un moyen d'entente. »

Cormac acquiesça. « Je suis d'accord. En fin de compte. Il y a un an, on m'a dit qu'il était peu probable que j'aie des enfants. Mon taux de spermatozoïdes est bas. J'ai mal réagi à cela en devenant un peu fou, j'allai dans des clubs de sexe. Ebony... Je pouvais dire qu'elle était novice, je me suis occupé d'elle au club... et oui, nous avons fait l'amour. J'ai utilisé un préservatif, mais il s'est cassé. Je te jure, je le lui ai dit, mais pendant tout ce temps, elle n'avait jamais vu mon visage. Je portais... », et il riait à présent, « un de ces masques ridicules... hé, j'essayais de nouvelles choses, d'accord ? » ajouta-t-il alors qu'Atlas souriait d'un air satisfait. « Donc, elle n'a vraiment jamais su que c'était moi. Elle t'a dit que le gosse n'était pas à toi ? »

« Oui, elle me l'a dit. »

« Je la respecte pour ça. Bon sang, je la respecte, Ebony – je suis désolé de l'avoir traitée de putain ; elle est tout sauf cela. »

« Dis-le-*lui*. »

« Je le ferai, je le promets. » Cormac soupira. « Je veux juste participer à l'éducation de mon enfant, ainsi qu'à celle de Fino. Je vous laisserai bâtir votre famille, Atlas. Permets-moi simplement d'en faire partie. S'il te plaît. »

« Plus de supercherie ? »

« Aucune. »

Atlas l'observa longtemps. « Quand tu m'as dit que tu étais le père de l'enfant d'Ebony, j'ai tout simplement paniqué. Je sentais que tout, tout m'était enlevé. Mateo, Fino, Ebony, le bébé... tout. »

« Je le sais. Je suis désolé. »

« Je le suis également. Nous avons tous les deux foirés malgré tout, mais au moins, tu t'excuses. Moi, je n'ai même pas encore commencé. »

« Elle te pardonnera », répondit Cormac. « Ce jour-là, tu étais hors de toi. Ça n'enlève pas la gravité de tes propos, même si je t'avais poussé à bout. Elle te pardonnera quand même, car c'est le genre de personne qu'elle est. »

Atlas répondit, oubliant les émotions plus chaotiques. « Et merci d'avoir laissé tomber l'affaire. Fino appartient à Ebony et à moi – mais il a aussi besoin de toi. Quant au bébé, réellement, c'est à Ebony maintenant.

« D'accord. » Cormac se frotta le visage. « J'ai perdu tellement d'années à te haïr, toi et Mateo, pour des raisons qui semblent être complètement inutiles à présent. »

« Il n'est jamais trop tard. »

« Tu as raison. » Cormac tapota Atlas dans le dos. « Allez, allons voir Fino et attendons que Blue vienne nous donner des nouvelles. »

DEUX HEURES PLUS TARD, Blue vint les retrouver... tout souriant.

CHAPITRE 23

U*n an plus tard...*

ROMY SOURIT en voyant Ebony en difficulté avec un enfant de cinq mois, très agité. Même toute petite, Matilda savait comment manipuler sa mère. Les jumeaux de Romy, qui avaient maintenant presque deux ans, poursuivaient leur grande sœur, aidés de Fino.

« Ça va aller ? » demanda-t-elle finalement à Ebony, qui leva les yeux au ciel.

« Ouais, ça ira ... c'est un petit monstre. » Elle fit un poutou sur le ventre de sa fille, ce qui la fit rire et gazouiller. Ebony embrassa Matty sur sa joue douce et moelleuse. « Mais je t'aime, fille gazouilleuse. » Elle l'embrassa à nouveau, puis la tendit, avec un peu de réticence, à Cormac, qui prit l'enfant dans ses bras, le visage rempli de joie. Il n'y avait pas de doute que l'homme était totalement enivré de bonheur.

Atlas les regarda et sourit. « Quelle famille étrange ai-je là », dit-il, pour la première fois, et rit.

« Chaque fois, tu dis ça » Ebony toucha sa joue et il la tira sur ses genoux, pressant ses lèvres contre les siennes.

Leur famille élargie – Atlas et Ebony, Matty et Fino, Cormac et Lydia, Stanley et Vida, ainsi que les Allende – ils jouissaient ensemble d'un barbecue de fin d'été avant qu'Atlas et Ebony ne s'envolent pour leur lune de miel tant attendue et bien méritée aux Seychelles.

« Tout ce que je veux maintenant c'est deux semaines que je vais passer à te faire l'amour », murmura doucement Atlas à l'oreille d'Ebony. Elle frissonna de plaisir. « Je t'aurai dès que nous arriverons à cette villa sur la plage, dans chaque pièce, dans tous les recoins, bébé. »

Ebony cacha un gémissement de désir. « Eh bien, tu ferais mieux de tenir ta promesse. »

Ils rigolèrent tous les deux. Depuis qu'elle avait donné naissance à leur fille – Atlas considérait toujours Matty comme la siennem ainsi que Cormac –, ils s'étaient encore rapprochés. Quand Ebony s'était réveillée après des jours passés dans le coma suite à l'opération, Atlas avait passé des heures à s'excuser auprès d'elle jusqu'à ce qu'elle l'ait arrêté et lui ait dit de l'embrasser à la place. Il s'était joyeusement exécuté.

À son tour, Ebony, était ravie que quelque chose de bon sorte enfin de l'horreur de son enlèvement et de celui de Fino. Cormac et Atlas travaillaient à la bonne marche de leur relation, Cormac abandonna ses poursuites. Stanley et Vida abattus par la douleur de la perte de Bella. Ebony avaient défendu la jeune femme et Stanley, particulièrement, lui en était reconnaissant. « C'est ce dont Vida a besoin d'entendre pour le moment », dit-il tout doucement en embrassant la joue d'Ebony. L'assassinat de Mateo leur permit de comprendre qu'elle avait laissé pénétrer l'assassin dans le parc ce jour-là et que par honte elle avait paniqué, surtout lorsque Carson Franks avait commencé à la faire chanter

« Bella était très naïve », dit Stanley. Vida hocha la tête. Vida elle-même avait changé, elle était devenue méconnaissable pas comme la femme agaçante et insipide qu'elle avait été. La perte de son unique enfant lui avait fait prendre conscience que, ce qu'elle avait avec Stanley était précieux, et que par conséquence, ils ne s'étaient jamais autant rapprochés.

Romy avait récupéré après avoir été poignardée, même si elle marchait toujours en boitant, elle utilisait une canne. Après des mois de rééducation, elle avait hâte de retourner travailler à Haven. Sachant que Blue était un peu réticent, Atlas avait veillé à ce que Haven soit un lieu de travail sécurisé pour tout son personnel, ainsi que pour les résidents.

Le déménagement apaisa un peu Blue, mais Romy insistait pour revenir.

Carson Franks, sachant que c'était fini pour lui, plaida coupable pour éviter la peine de mort, il fut condamné à la prison à vie sans possibilité de libération conditionnelle. Il finira sa vie derrière les barreaux. Après cette déclaration, ils étaient tous soulagés, tous Romy, Atlas, Ebony et même Finom leur joie n'avait pas besoin d'être racontée, c'était palpable.

Plus tard dans la nuit, Ebony embrassa sa fille et la serra contre elle. « Vous êtes sûr que ça va aller avec elle ? »

Cormac roula des yeux et Lydia – qui, avec Ebony étaient devenue très proche au fil des mois – sourit. « Nous avons très hâte, Ebs, ne t'inquiète pas. Matty va être pourrie gâtée au cours des deux prochaines semaines.

EBONY SOURIT. « C'est ce qui m'inquiète, Lyds. »

Lydia se mit à rire et prit Matty des bras d'Ebony. « Regarde ce visage potelé... adorable. Maintenant, dis au revoir à maman et Dada. »

Matty sourit et leur fit un signe de la main, cela les fit rigoler. Matty était l'enfant la plus heureuse qu'Ebony ait jamais connue – mais encore une fois, elle était subjective. Atlas embrassa sa fille. « Sois gentille pour Poppa et Lydia, petite. Je vous aime. » Il se tourna et saisit Fino qui passait, il balançait le garçon qui riait dans ses bras. « Et je t'aime aussi, fiston. Garde bien ta sœur pour nous. »

« Ça ira, Dada. » Fino embrassa la joue d'Atlas puis alla embrasser Ebony. « Au revoir, maman. » Ebony le serra fort contre elle. « Je t'aime, cornichon. » Elle croisa le regard d'Atlas au-dessus de la tête de Fino, les deux étaient émus au-delà des mots. C'était la première fois que Fino les appelait Maman et Dada.

Ils en parlèrent plus tard dans l'avion, puis dans le taxi alors qu'ils traversaient l'île. Dehors, la mer était d'un bleu étincelant, la faune et la flore colorées, et la chaleur du soleil irradiait leur peau. Atlas tint sa promesse. Au moment où le chauffeur de taxi avait apporté leurs bagages dans la villa et partit avec un pourboire géné- reux, Atlas prit Ebony dans les bras, la fit rire, pendant qu'il l'em- menait dans la chambre. Ils firent deux tentatives avant de la trouver, dès qu'elle vit l'énorme lit recouvert d'une moustiquaire blanche, elle lui sourit. Atlas la laissa sur le matelas moelleux et se laissa tomba entre ses jambes, il souleva sa robe et lui arracha sa culotte.

Ebony eut à peine le temps de reprendre son souffle que sa bouche était posée sur elle, sa langue s'enroulait autour de son clito- ris, il goûtait et mordait le point sensible jusqu'à ce qu'Ebony vienne, son corps se tordait sous le sien pendant qu'il s'approchait pour l'em- brasser. Atlas enroula ses jambes autour de sa taille et la pénétra, il la fit gémir de désir alors qu'il commençait ses poussées rythmées, mesurées et profondes. Ebony écrasa ses lèvres contre les siennes pendant qu'ils faisaient sauvagement l'amour, s'accrochant mutuelle- ment, l'intensité augmenta jusqu'à ce qu'ils jouissent ; ils murmu- rèrent chacun le nom de l'autre. Ils firent l'amour jusque tard dans la soirée, ils finirent par crever de faim et d'épuisement, ils prirent leur repas sous la véranda. Atlas passa sa main dans ses cheveux et elle se pencha pour le toucher. « Tu sais ce qui est étrange ? Je pense que c'est la première fois que nous sommes vraiment seuls depuis notre rencontre. »

Ebony éclata de rire. « Eh bien, nous le sommes. Matty était dans mon ventre la toute première fois que nous nous sommes rencontrés, alors oui, tu as raison. »

Ils rirent tous deux. « Tu sais ce que ça veut dire ? »

« Quoi ? » Ebony souriait, voyant le regard lascif dans ses yeux elle sut exactement ce qu'il allait dire

« Cela signifie, ma belle et sexy femme, que nous pouvons faire des cochonneries toute la journée, tous les jours... »

Ebony se pencha et l'embrassa doucement. « À quel point, monsieur Tigri ? »

« Eh bien », dit-il en la prenant sur ses genoux, « pourquoi ne retournons-nous pas au lit et je te montrerai à quel point c'est cochon ? »

Ebony rigola et caressa son visage. « Je t'aime tant, Atlas. Tellement. »

Il la souleva dans ses bras et la ramena au lit.

EN PLEIN MILIEU de la nuit elle se réveilla au clair de lune d'un bleu profond. Elle se leva, et elle alla à la fenêtre et contempla l'océan. Elle jeta un coup d'œil sur la petite plage à l'extérieur de leur villa. Un an, six semaines, quatre jours. Sa vie avait complètement changé. Non seulement elle avait rencontré Atlas, il l'avait épousé et avait son premier enfant – *leur* premier enfant- elle était devenue une mère adoptive et avait survécu à un enlèvement et à ses blessures.

Tout cela... et maintenant elle était sur le point de connaître un moment important de sa carrière. Au cours des derniers mois, elle travaillait pour la maison de disques Quartet et était sur le point de sortir son premier album. Après ces vacances, elle commencerait à promouvoir le disque puis, dans les mois à venir, elle ferait une tournée. Une visite des meilleurs clubs de jazz d'Amérique, à commencer par Alley Cats à Seattle, sur la 6th Avenue.

Ebony frissonna, puis soupira de bonheur en sentant les bras d'Atlas glisser autour de sa taille, il pressa ses lèvres sur son épaule.

« Le lit est devenu froid sans toi », dit-il et elle rigola.

« Je doute que la température ici soit en dessous de vingt-six degrés, même la nuit. »

Atlas rit tout doucement, « D'accord, alors, le lit est devenu vide. »

Ebony se retourna dans ses bras et le regarda. Il fit battre son cœur encore plus vite, juste avec ce magnifique regard aux yeux verts. Elle passa ses doigts sur les traits de son visage.

Atlas lui sourit. « Tu es si belle. À quoi penses-tu ? »

Ebony sourit, pressant son corps nu contre le sien et ses lèvres contre sa bouche. « Demain », dit-elle, et le reconduisit au lit.

FIN.

✾ Réalisé avec Vellum

CPSIA information can be obtained
at www.ICGtesting.com
Printed in the USA
BVHW041014150321
602551BV00006B/489